KB007806

Un été avec Baudelaire

by Antoine Compagnon

보들레르와 함께하는 여름

Un été avec Baudelaire

앙투안 콩파뇽
김병욱 옮김

mu*in*ree
뮤진트리

차례

▪ 일러두기

– 이 책은 Antoine Compagnon의 《Un été avec Baudelaire》(Équateurs, 2015)를 우리말로 옮긴 것이다.
– 본문에 나오는 도서·영화의 제목은 원제목을 번역 표기하는 것을 원칙으로 하되, 국내에 번역 출간 및 소개된 작품은 그 제목을 따랐다.
– 옮긴이의 주는 괄호 안에 줄표를 두어 표기했다.

"여름은 어제"

보들레르와 함께하는 여름보다 터무니없는 일이 또 있을까? 《악의 꽃Fleurs du Mal》을 아는 많은 이들이 그런 생각을 할 게 분명하다. 사실, 여름은 우리의 시인이 좋아한 계절은 아니었다.

그렇다면 여름을 노래한 시인은 누구인가?

들에 퍼진, 여름의 왕, 정오가,

푸른 하늘 저 높은 곳에서 은빛 너울로 내려온다.

이 시는 인도양 한가운데의 부르봉 섬에서 태어난 르콩트 드 릴Leconte de Lisle의 시다. 오트쿼이여의 좁은 골목에서 태어난 파리의 아들 보들레르의 시가 아니다.

보들레르는 석양과 그림자, 그리움과 가을의 시인이었다. 가브리엘 포레Gabriel Fauré가 음악으로 만들고 프루스트Proust가 종종 인용했던 〈가을의 노래Chant d'automne〉는 《악의 꽃》에 실린 시들 가운데 가장 기억할 만한 작품으로 남아 있다.

> 이제 곧 우리는 음울한 냉기 속으로 잠겨드리라,
> 너무나 짧은 우리 여름철의 생생한 빛이여, 안녕!
> 내겐 벌써 들린다, 구슬픈 충격음을 내며
> 안뜰 포석鋪石 위로 나무 떨어지는 소리가.

보들레르의 지각知覺과 분리될 수 없는 정신적 능력과 감정, 기억과 상상력, 우울과 우수의 시간이 만추와 함께 되돌아온다.

> 그 단조로운 충격음에 감미롭게 흔들리고 있는 나에겐,
> 마치 어디서 누군가가 관에 다급히 못을 박고 있는 것 같다.
> 누구를 위한 관일까?—여름은 어제, 지금은 가을이다!
> 그 신비로운 소리가 출발 신호처럼 울린다.

> 나는 당신의 긴 눈동자 속의 그 푸르스레한 빛이 좋다,
> 아름다운 이여, 하지만 오늘 내게는 모든 것이 씁쓸하다,

> 당신의 사랑도, 안방도, 벽난로도, 그 무엇도
>
> 내게는 바다 위에서 빛나는 태양보다는 못하다.

이 시에는, 여름 정오의 태양에 대한, 바다 위의 태양에 대한 끝없는 향수가 있다. 아름다운 계절보다 더 덧없는 것이 있는가? 그러나 다른 시들에는, 곳곳에 보들레르가 예찬하는 쇠락의 상징인 석양과 땅거미가 지는 순간이 있다. 석양의 황혼이 새벽 여명보다 훨씬 자주 나타난다.

> 연인이여 혹은 누이여, 찬란한 가을이나,
>
> 지는 해의 덧없는 감미로움이 되어 주오.

사랑하는 여인은 낮이나 밤의 끝자락과 연관되어 있다.

시인은 언제나 다른 계절들을 우대한다.

> 오 가을의 끝자락, 겨울, 진창에 젖은 봄,
>
> 잠들게 하는 계절들이여! 나는 그대들을 사랑하고 예찬하노라.

그러므로 보들레르의 여름을 얘기한다는 것은 너무 무모한 일이요, 몽테뉴나 프루스트의 여름을 환기하는 것보다 훨씬 더 터무니없는 계획일 것이다. 보들레르가 태양을 대면한 것은 양아버지가 그의 버르장머리를 고치고자 스무 살의 그를 남양南洋으로 보냈을 때다. 그는 부르봉 섬에서 발길을 돌렸고, 곧 파리의 생 루이섬 북안北岸으로 되돌아와 더는 파리를 떠나지 않았다. 그가 파리를 떠난 건 노르망디 옹플뢰르의 어머니 집에 드물게 몇 번 체류했을 때와 만년의 끔찍했던 브뤼셀 유배 생활 때뿐이다.

그러니 '보들레르와 함께하는 가을'이 더 적절했을 것이다. 날들이 짧아지고, 고양이가 아궁이 불 한 귀퉁이에서 몸을 웅크리는 죽은 계절 말이다. 이외에도 두세 가지 요소가 우리의 이 도전을 더욱더 힘들게 했다.

첫째로, '몽테뉴와 함께하는 여름'이라는 기획이 라디오 방송과 서점에서 뜻밖의 성공을 거둔 사실을 들 수 있다.[1] 먼저 2012년 여름 프랑스 앵테르에서 방송

---

1 콩파뇽이 진행한 〈몽테뉴와 함께하는 여름〉은 2012년 7월 2일부터 8월 24일까지 매일 프랑스 앵테르에서 방송되었다.(─옮긴이)

으로 내보낸 것이 청취자들의 큰 호응을 얻었고, 이어서 그 방송 내용으로 만든 책이 독자들에게서도 큰 성공을 거두어, 압도적 다수가 몽테뉴의 《수상록Essais》을 애독서로 꼽았다. 말하자면 뛰어넘어야 할 막대가 무서울 만큼 높은 위치에 있었다. 그 2년 뒤, 필립 발과 로랑스 블로슈의 요청에 따라 마이크를 다시 잡았을 때는 사실 더 잘해야 한다는 생각보다는 너무 나쁘게만 하지 말자, 너무 실망을 안겨주지만 말자는 생각뿐이었다.

보들레르가 몽테뉴보다 훨씬 더 위험한 주제라는 점도 문제였다. 《수상록》의 저자는 진솔함과 절제, 겸손과 친절과 관대함으로 사람들의 사랑을 받는다. 그는 친구요 형제다. "그는 나의 친구요, 나는 그의 친구이며"[2], 그는 사람들이 좀 더 잘 살기 위해서, 좀 더 현명하게, 좀 더 인간적으로 살기 위해서, 기꺼이 침대 머리에 두고 매일 저녁 몇 쪽씩 읽고 또 읽는 단 한 권의 위

---

2 원문은 "parce que c'était lui, parce que c'était moi." 친구 사이를 표현하는 몽테뉴의 명구로, "그는 나의 친구이고, 나는 그의 친구이니" 더 말이 필요치 않다는 뜻.(—옮긴이)

대한 책의 저자다. 반면《파리의 우울Spleen de Paris》의 시인은 상처 입은 신랄한 인간이다.《악의 꽃》의 시인은 더욱더 그런 인간이요, 잔인한 검객이요, 천재적 광인이요, 불면의 선동가다.

게다가 그의 작품은 수도 많고 산만하다. 운문으로 된 시와 산문으로 된 시가 있고, 미술 비평과 문학 비평이 있으며, 내밀한 단장들, 풍자, 팸플릿 등이 또 있다. 제2제정의 사법부는 그에게 유죄 선고를 내렸다. 그와 동시대인들은 그의 기행에 관한 많은 일화를 우리에게 전한다. 그의 만년에 "보들레르 학파"라는 것이 존재하기는 했으나 그것은 오히려 그의 분노를 자극했을 뿐, 그의 작품이 학교에서 가르치는 교재가 되기까지는 오랜 세월이 걸렸으며, 오늘날에도 고등학생들은 운문이나 산문으로 된 그의 어떤 시들을 처음 접하고는 쉬 가시지 않는 충격을 받는다. 보들레르는 여러 면에서 우리와 동시대인이지만, 그의 어떤 견해들─이를테면 민주주의, 여성, 사형제도 등에 관한─은 우리를 불쾌하게 하고 심지어 우리의 분노를 유발하기도 한다.

보들레르와 함께하는 여름

마지막으로 하나 덧붙이자면, 나는 최대한 자유로운 방식으로 저자들을 다루고자 했고, 나의 그런 생각은 몽테뉴 작품 검토 때는 더없이 잘 들어맞았다. 나는 보들레르도 같은 마음가짐으로, 즉 모든 것을 다 말한다는 생각 없이, "마음 가는 대로" 접근하고자 했다. 그는 사람들이 좋아해 주길 바라지 않은 사람이지만, 나는 이 책으로 인해 사람들이 그를 좋아하게 되거나, 적어도 최대한 많은 이들이 다시 서점으로 가서《악의 꽃》과《파리의 우울》에 이르는 길을 재발견하게 되었으면 하는 마음이었다.[3]

---

3 보들레르의 글은 플레야드 총서로 간행된 다음 책들에서 인용했다.《전집 Bibliothèque》, 클로드 피슈아 판版, 갈리마르, 1975~1976년, 두 권(I과 II)과,《서간집Correspondance》, 클로드 피슈아와 장 지글러 판版, 갈리마르, 1973년, 두 권(C, I과 C, II).

01

오픽 부인

나는 잊지 않았네, 도시 근교,

작지만 조용한, 우리의 하얀 집,

그 집 초라한 수풀 속에, 맨 사지를 숨긴,

석고 포모나상과 해묵은 비너스상을,

저녁이면, 넘쳐흐르는 화려한 태양이,

빛다발 부서지는 창문 너머에서,

야릇한 하늘 속 그 큰 눈을 활짝 뜬 채,

길고도 조용한 우리의 식사를 바라보는 듯했지,

제 아름다운 촛불 그림자들을 상보와

사지 커튼 위로 넓게 퍼뜨리면서.

우리가 대뜸 이렇게, 시집 《악의 꽃》에서 거의 늘 누락이 되는 이 제목 없는 짧은 시로 이 장을 시작하는 이유는 무엇인가? 그 이유는 보들레르 자신이 이 작품에 강한 애착을 지녔기 때문이다. 그리고 위 시집의 시들 가운데 가장 사적이고, 가장 내밀한 작품의 하나이기 때문이기도 하다. 1857년에 이 시집이 출간된 직후, 보들레르는 어머니 오픽 부인에게 편지를 써서, 당신 이야기를 하는 시도 알아보지 못한다며 불만을 토로했다. 보들레르가 "내밀한 가정사를 파는 일을 끔찍이도 싫어했기에"(C, I, 445), 결국 분명한 암시도 제목도 없이 남게 된 이 시는 시인이 어렸을 때, 즉 아버지의 죽음과 어머니의 재혼 사이 시기에 맛보았던 그 드문 행복의 순간들을 이야기하고 있다. 그때의 어머니는 완전히 그만의 존재였다.

보들레르의 부모는 특이한 커플이었다. 1821년에 그가 태어났을 때, 그들은 신혼부부였지만 어머니는 갓 스물여덟 살이었고, 아버지는 이미 예순두 살이었다. 사제 출신으로 아마추어 화가였던 18세기 사람 프랑수아 보들레르는 샤를이 겨우 여섯 살 나던 해에 사망했다. 어머니는 그로부터 2년이 채 지나지 않아 오픽 육군 소령과 재혼해 곧 딸을 한 명 낳으나 그 딸은 살아남지 못했다. 아마 보들레르는 이 사실을 까맣게 몰랐을 것이다.

어머니와 그만의 내밀한 낙원은 1827년과 1828년 두 해 여름을 넘기지 못했다. 그 시기에 대해 그는 오픽 부인에게 보낸 1861년의 다른 한 편지에서, "어머니의 애정을 맛보았던 호시절"이라고 말한다(C, II, 153). 위의 시가 환기하듯, "작지만 조용한" 뇌일리의 "하얀 집"에서, 아들은 어머니와 함께 살았다. 태양이 제 마지막 불꽃을 커튼을 통해 식탁 위로 비출 때의 그 "길고도 조용한 식사"를 시인은 언제까지나 추억하고 또 추억하게 된다.

그 여름, 어린 시절의 아름다운 여름, 영원히 사라져 버린 여름은 그랬다. 그 후 보들레르는 더는 그런 행복을 맛보지 못한다. 곧 그는 어머니와 함께, 양부養父의 부대가 주둔하고 있는 리옹으로 갔다가 파리의 루이르 그랑 중학교 기숙사에 입소하는데, 대령에서 장군이 된 오픽과 시인의 관계는 아무래도 까칠해질 수밖에 없게 된다. 뇌일리 시절 어머니와의 그 내밀한 교감은 그의 추억의 시 속에 깊이 파묻힌 보석으로 남게 되며, 그는 죽는 날까지 어머니와의 재결합을 꿈꾸게 된다.

1857년에 오픽 장군이 사망하자—《악의 꽃》 출간 몇 달 전이다—, 장군의 미망인은 곧바로 보들레르가 "예쁜 집"이라 불렀던 또 하나의 작은 집이 있는 옹플뢰르로 은둔한다. 이후 그는 부단히 그 집으로 가서 어머니와 재회하려 하고, 지옥 같은 파리에서 벗어나려 하고, 그녀 곁에서 평화를 맛보려 한다. 그러다 1859년에야 마침내 이를 실행에 옮겨 몇 달간 그 집에 머문다. 그 기간은 그의 시 창작의 마지막 찬란한 시절이 된다.

보들레르가 어머니와 주고받은 편지들의 내용은 읽기가 괴로울 정도인데, 20세기 초 그 내용이 세간에 알려졌을 때는 시인에 대한 평판이 바뀌기까지 했다. 두 사람의 관계는 지속적인 비난과 사과, 변명과 가책으로 얼룩졌다. 보들레르가 나무르의 생 루 교회에서 의식을 잃고 쓰러진 이후, 1866년 3월 즈음 그의 건강이 브뤼셀에서 심하게 악화하자 오픽 부인이 그를 보살피러 찾아왔다. 그때 그는 어머니에게 욕설을 날렸고—그가 어머니에게 한 말은 "빌어먹을"이라는 욕설뿐이었다—, 그녀는 곧바로 옹플뢰르로 되돌아갔다.

그녀가 "나는 잊지 않았네, 도시 근교"가 자신에 대해 하는 말들인 줄 알지 못했는지는 몰라도,《악의 꽃》의 첫 시 〈축복Bénédiction〉마저 모를 수는 없었을 것이다. 이 시에는 시인의 탄생, 모든 시인의 탄생이 세상에 대한 저주로 묘사되어 있다. 무엇보다 우선 그를 이 세상에 태어나게 한 여인에 대한 저주로 말이다.

전능하신 하느님의 뜻에 따라

시인이 이 따분한 세상에 나타날 때,

질겁한 그의 어머니는 불경 가득한 마음으로

신을 향해 두 주먹 움켜쥐고, 신은 그녀를 불쌍히 여긴다.

—"아 이 조롱거리를 기르느니

차라리 독사 한 무더기를 낳았더라면!

나의 배가 속죄의 씨앗을 잉태한

그 덧없는 쾌락의 밤에 저주 있기를!"

보들레르와 어머니의 관계는 끝없는 오해의 연속이었다.

02

사실주의자

기억하오, 님이여, 우리가 본 것을,

그토록 화창하고 아름답던 여름 아침,

오솔길 모퉁이의 조약돌 깔린 자리 위에

드러누워 있던 끔찍한 시체,

음탕한 계집처럼 두 다리 쳐들고,

독기 뿜어내며 불타오르고,

태평하고 파렴치하게, 썩은 냄새

가득 풍기는 배때기를 벌리고 있었지.

1857년 《악의 꽃》 소송 때, 프랑스 제2제정帝政 대리 검사 에르네스트 피나르Ernest Pinard는 보들레르의 사실주의réalisme를 기소했다. "그의 원칙, 그의 이론은 모든 것을 묘사하는 것, 모든 것을 발가벗기는 것이다. 그는 인간 본성의 가장 내밀한 구석들을 뒤질 것이다. 그것을 표현하기 위해 격렬하고 충격적인 어조를 취할 것이요, 특히 그 망측한 측면들을 과장해서 표현할 것이다. 강렬한 느낌과 인상을 주기 위해 그것을 부풀릴 것이다." **사실주의**라는 말이 여기서 발설되지는 않았지만, 그러나 이 말은 나중에, "미풍양속을 해치는 거친 사실주의로 필시 관능을 자극하게 될" 시 여섯 편의 삭제를 명하는 핵심 판결 이유 속에 등장한다.

보들레르는 사실을 그대로 묘사한다는 이유로 유죄 선고를 받았다. 그러니까 그는 사실주의자였고, 이 말은 쿠르베Courbet의 그림, 플로베르Flaubert의 소설, 보들레르의 시에 마구잡이로 유죄 선고를 내린 명칭이다. 사실 보들레르는 1851년 12월 2일의 쿠데타 이후 사실주의자들과 소원해졌지만, 여전히 그들과 동일시되는 상태였고, 쿠르베가 1847년에 그린 그의 초상(몽펠리에, 파브르 미술관 소장)은 1855년 작품인 〈화가의 아틀리에 L'Atelier du peintre〉(오르세 미술관 소장) 한 귀퉁이에도 모습을 나타낸다. 보헤미안 생활⁴에서 탄생한 사실주의는 고전의 "반대", 즉 계급의 적이나 마찬가지라고 피나르Pinard는 주장했다. 그것은 미학적 규범들을 우롱하는 혁신일 뿐 아니라, 부르주아 사회에 대한 모반이기도 하다는 얘기다.

그 얼마 전에, 《보바리 부인》은 부도덕하다는 이유로 기소되었다. 도덕적 경계 태세를 수반하지 않는 작품, 저자가 개입하여 판단하고 비난하는 일 없이 그저 보여주기만 하는 작품은 사실주의 작품이다. 플로베르는 무죄 판결을 받았다. 훌륭한 부르주아 가문이라는 배경이 방패막이가 되었다. 반면, 보들레르의 변호사는 최근에 타계한 오픽 장군, 1848년에 에콜 폴리테크니크[5]를 지휘했고, 그 후 제정 체제에서 명사가 되어 대사와 상원의원까지 지낸 오픽 장군이 그의 양부라는 사실을 환기할 엄두조차 내지 못했다.

그리하여 《악의 꽃》의 시들 가운데 사실주의적이라고 판단된 작품들이 유죄 선고를 받았는데, 특히 여성

---

4 가난하지만 근심 없이 하루하루의 삶을 살아가는 태도를 가리키는 말로, 좀 더 "예술적인" 낭만주의 운동과 구별되는, 19세기 문학예술의 한 조류와 상응한다. 산업 사회의 틀 안에서 이루어지는 부르주아 계급의 지배를 거부함과 동시에 예술적 이상도 거부하는 삶의 양식을 가리키기도 한다.(—옮긴이)

5 지금은 프랑스의 명문 공대로 유명하나, 나폴레옹 치하에서는 군사학교였다.(—옮긴이)

들 간의 사랑을 다룬 작품들이 문제가 되었다. '레스보스Lesbos'가 스캔들이 되었고, '에로스Éros'—"나의 누이여, 그대에게 내 독을 부어 넣고 싶어라!"라는 문구가 있는 〈너무 쾌활한 그녀에게À celle qui est trop gaie〉같은 작품—, 성 도착과 사디즘으로 채색된 '에로스'도 스캔들이 되었다.

하지만 보들레르 사실주의의 또 다른 측면은 보수적인 독자들에게도 충격을 주었다. 오랫동안 많은 독자에게 《악의 꽃》을 상징하는 작품으로 인식된 〈시체charogne〉라는 시가 그렇다.

> 태양은 알맞게 굽기라도 하려는 듯,
>
> 이 썩은 시체 위로 내리쬐고 있었다.
>
> 위대한 '자연'이 한데 합쳐놓은 것을
>
> 그 자연에 백 배로 되돌려주려는 듯이;
>
> 하늘은 피어나는 꽃이라도 바라보는 듯,
>
> 이 눈부신 해골을 바라보고 있었다.
>
> 고약한 냄새 어찌나 지독하던지 당신은

풀 위에서 기절할 뻔했지.

　이런 시구들을 염두에 두고서 생트 뵈브Sainte-Beuve
는 "끔찍한 것을 소재로 하여 페트라르카 흉내를 낸
다"며 보들레르를 비난했고, 보들레르의 시가 학교 교
과 과정에 포함되지 않았던 동안 학생들은 쉬는 시간
에 선생들 몰래 그 시들을 암송했다.

　한데, 〈시체〉의 사실주의, 이제 더는 아름답지도 좋
지도 않은, 부패하고 타락한, 추하고 역겨운 자연에 대
한 이 자기 만족적인 그림을 고발한다거나 예찬한다는
것은 예전에 이미 고전 미학에 맞섰던 바로크 시의 **바
니타스**vanitas와 **메멘토 모리**memento mori ― "죽음을
기억하라" ― 의 전통에 대한 망각의 소치일 것이다. 그
러니까 사람들은 《악의 꽃》이 전통 속에 내린 뿌리를,
즉 16세기와 17세기의 프랑스 시에 대한 추억 역시 병
적 사실주의로 오판한 것이다.

03

고전파

쇠약한 램프의 창백한 불빛 아래,

냄새 흠뻑 밴 속 깊은 보료 위에서,

이폴리트는 꿈꾸고 있었다, 젊은 순결의

커튼을 걷어 올려준 그 힘찬 애무를.

그녀는 찾고 있었다, 폭풍에 동요된 눈으로,

이미 아득히 멀어진 그녀의 그 순수의 하늘을,

아침에 지나온 푸른 지평선을 향해

고개를 돌리는 나그네처럼.

프루스트는 종종 보들레르를 라신Racine과 비교한다.
1921년, 보들레르 탄생 백 주년 때, 〈라 누벨 르뷔 프
랑세즈〉에 기고한 글, 〈보들레르에 대하여À propos de
Baudelaire〉가 그 좋은 예다. "《페드라Phèdre》보다 더 보

들레르적인 것이 없고, 라신은 물론 말레르브Malherbe
에게도 《악의 꽃》보다 더 잘 어울리는 작품은 없다.”
1921년에 마침내, 당시 정점에 있던 빅토르 위고Victor
Hugo를 대신할 위대한 프랑스 시인은 바로 보들레르라
는 공통 견해가 형성된다. 라신과의 비교가 그를 구원
하는 상투적 문구가 되었다. 하지만 프루스트는 보들
레르가 여전히 추문의 대상이던 1905년에 이미 이렇게
선언했다. “그가 퇴폐파 시인이라고? 세상에 그것보다
더 엉터리 얘기는 없다. 보들레르는 낭만파 시인조차
도 아니다. 그는 라신처럼 쓴다. 나는 여러분에게 그런
예를 스무 편은 제시할 수 있다.”

　보들레르는 오랫동안 퇴폐파 시인으로 여겨졌다. 그
것은 테오필 고티에Théophile Gautier가 1868년에 간행
된 《악의 꽃》 유고遺稿판 서문에서 대두시킨 생각에 따
른 것으로, 그 후 1887년에 보들레르의 자전적 단장들
인 《불화살Fusées》, 《벌거벗은 내 마음Mon coeur mis à
nu》의 출간으로 더욱더 굳어졌으나, 보들레르가 어머
니에게 보낸 편지들이 1918년에 출간되면서 시인에
게 드리워진 신비의 베일이 많이 벗겨지고, 그의 비극

적 측면이 더 도드라지게 되었다. 프루스트는 이 두 새로운 이미지의 근접성을 일깨우며 이렇게 덧붙였다. "더욱이 그는 크리스천 시인이기도 한데, 그가 보쉬에 Bossuet나 마시용Massillon처럼 자꾸 원죄 이야기를 하는 이유가 그것이다. 크리스천이면서 히스테리 증상이 있는 이들이 모두 그렇듯이 (…) 그에게 신성모독 가학증이 있었던 거라고 가정해 보자." 보들레르가 받아야 했던 그 모든 수식어를 한마디로 집약한 놀라운 문장 아닌가(그는 1864년부터 "히스테리 증상이 있는 브왈로Boileau[6]" 취급을 받았다).

고전파古典派 보들레르. 프루스트는 아나톨 프랑스 Anatole France의 표현을 다시 끄집어낸다. 아나톨 프랑스는 1889년에 보들레르를 지지하고 나선 바 있다.《불화살》과 《벌거벗은 내 마음》이 출간되자, 보수적 비평가 페르디낭 브륀티에르Ferdinand Brunetière가 그 내용이 끔찍하다며 보들레르를 비난했을 때다. 아나톨 프랑스는 보들레르가 "상당히 변태적이고 불건전했고" 또한 "자신의 인격 속에 오늘날 사람들이 보기에 상당

---

6 Nicolas Boileau–Despréaux(1636~1711), 프랑스의 비평가·시인.(—옮긴이)

히 끔찍하게 여겨지는 악마적 댄디즘을 배치한"사실을 인정하면서도, 그의 고전주의를 상찬하면서 1857년에 유죄 선고를 받은 시 〈저주받은 여인들Femmes damnées〉의 세 번째 절을 인용했다.

> 흐릿해진 두 눈동자에 글썽이는 눈물,
>
> 낙심한 얼굴, 멍한 모습, 서글픈 관능,
>
> 쓸모없는 무기처럼 팽개쳐진, 늘어진 두 팔,
>
> 이 모든 것이 그녀의 가냘픈 아름다움을 받들고 장식했다.

이 시구들을 두고 아나톨 프랑스는 이렇게 말했다. "우리 시대의 모든 시 중에서, 관능적인 권태의 완성된 그림 같은 이 시구절보다 아름다운 것이 (…) 뭐가 있는가? 알프레드 드 비니Alfred de Vigny의 시작품을 뒤져본다 한들, 여기서 시인이 "저주받은 여인들"에게 던지는 이 경애심 가득한 저주보다 더 멋진 어떤 시를 찾을 수 있단 말인가?"

이야말로 보들레르 전설의 완전한 전복이라 하지 않을 수 없다. 아나톨 프랑스가 지금까지 사실주의적 에

로티시즘 때문에 유죄 선고를 받은 바로 그 시들에서 고전주의의 절정을 발견했기 때문이다. "말이 났으니 하는 말이지만, 보들레르의 시가 얼마나 고전적이고 전통적인지, 얼마나 가득 찼는지 눈여겨보시기 바란다."

이처럼 사람들은 진즉부터 《악의 꽃》의 고전주의, 즉 조화롭고, 음악적이고, 가득 찬 그 시체詩體를 강조하면서 보들레르를 옹호했고, 몇 편의 "최고의 작품들", 〈교감Correspondances〉, 〈향수병Le Flacon〉, 〈머리타래La Chevelure〉, 〈이국 향기Parfum Exotigue〉 등, 추억을 노래하는 가장 선율 고운 시들을 구제했다. 비록 랭보Rimbaud가 1871년에, "사람들이 그토록 칭찬하는 그의 그 형식은 사실 별것 아니다. 미지의 발명들은 새로운 형식을 요청한다"라며 이 고전주의를 심각한 제약으로 고발하기는 했지만 말이다.

롤랑 바르트Roland Barthes가 말했듯이, 고전파란 학교 수업에서 다뤄지는 저자다. 보들레르의 시가 학교 교과 과정에 포함되고, 그리하여 그의 작품이 텍스트 주해 대상이 되었을 때, 사람들은 아나톨 프랑스와 프루스트가 말하는 의미에서의 가장 고전적인 작품들,

즉 형태적 완벽성과 기술적 재능의 걸작이라는 〈아름다움La Beauté〉이라든가, 음악성과 리듬감과 순수성이 도드라지는 〈저녁의 조화Harmonie du soir〉, 〈발코니Le Balcon〉, 〈여행에의 초대L'Invitation au voyage〉 같은 작품들을 분석하기 시작했다.

04

바다

여름은 우리가 마음껏 물놀이를 즐기려는 바다, 파도와 결혼하여 우리 자신을 잊어버리려는 바다를 축복하는 계절이다. 《악의 꽃》의 한 시는 바다를 이렇게 예찬한다.

자유로운 인간이여, 그대는 언제나 바다를 사랑하리!
바다는 그대의 거울, 그대는 끝없이 펼쳐지는
물결 속 그대의 영혼을 바라본다.
그대의 정신도 바다 못지않게 씁쓸한 심연이다.

그대는 그대의 이미지 한가운데로 잠기길 좋아한다.
그대는 그것을 두 눈과 팔로 포옹하고, 그대의 마음은
야생의 길들일 수 없는 그 탄식 소리에
이따금 저 자신의 소란을 잊는다.

보들레르와 함께하는 여름

이 좋은 바다, 사람들을 행복하게 해주는 이 행복한 바다, 그것은 보들레르가 1841년과 1842년에 "긴 바다 여행"을 하는 동안 이따금 만났던 바로 그 바다다. 아직 미성년자인데도 밤낮으로 빚만 지며 하루하루를 보내던 때, 그의 방탕과 보헤미안적 낭비 생활을 일 년간 지켜보던 그의 양부 오픽 장군이 그를 고향에서 내쫓기 위해, 그를 "파리의 시궁창"에서 멀리 떼어놓기 위해 생각해낸 그 여행 말이다. 그 바다는 오랫동안 지워지지 않는 이국적 이미지들을 그의 기억에 심어놓았다.

훗날 그가 그 여행을 자전적 노트에 어떻게 요약했는지 보자.

(서로 동의한) 인도 여행.

최초의 모험(마스트를 잃은 배)과 함장 아담. (모리스 섬, 부르봉 섬, 말라바르, 실론, 힌두스탄, 케이프: 행복한 산책) (I, 784)

그는 과장했고 미화하기노 했나. 보르도에서 콜카타로 가는 배에 오르기는 했지만, 그는 레위니옹섬에서 더 멀리 나아가지 않고 보르도로 되돌아오는 배에 올라

탔다. 희망봉 난바다에서 무시무시한 폭풍이 몰아쳐 돛대가 부러지고 배가 난파될 뻔한 일이 있었다. 즐겁게 체류한 모리스 섬에서는, 오타르 드 브라가르Autard de Bragard 부인과 산책을 하고, 그녀에게 시 〈식민지 태생의 한 백인 부인에게À une dame créole〉를 헌정했다. 하지만 말라바르도, 실론도, 힌두스탄도 가보지 못했다.

위의 시는 인간과 바다 사이의 아날로지 혹은 교감을 전개한다. 인간에게 바다는 하나의 거울일 수 있을 것이다. 인간에게 선하고 악한 이중성이 있듯이, 바다의 다른 얼굴, 나쁜 바다도 있으며, 그것을 보들레르는 좋은 바다와 함께 경험했다. 좋은 바다와의 관계는 남자와 여자의 관계처럼 관능적이다. 하지만 바다는 첫 4행 절節에 나오는 **바다mer/쓸쓸한amer**의 불안한 각운에서부터 이미 심연의 고뇌를 안겨준다. 바다는 황홀감을 느끼고 공포에 빠지는 인간을 닮았다. 바다 역시 이중성과 급격한 반전이 그 특징이다. 그래서 이 시의 마지막 두 4행 절에 서린 고뇌가 깊다.

그대들은 둘 다 컴컴하고 조심스럽다:

인간이여, 누구도 그대 심연의 밑바닥 헤아릴 길 없고;

오 바다여, 누구도 네 은밀한 보물 알 길이 없다.

이토록 악착같이 그대들은 각자 비밀을 지키는구나!

그러나 그대들은 아득한 세월을 두고

연민도 후회도 없이 서로 싸워왔다,

이토록 그대들은 살육과 죽음을 좋아하니,

오 영원한 투사들, 오 무자비한 형제들이여!

둘 다 신비스럽고 근심스러운, 인간과 바다, 둘은 언제나 대립 관계에 있다. 바다는 인간에게 무한에 대한 관념을 제공한다. 바다는 어떤 초월을 향해, 이상理想을 향해 열린다. 그것을 보들레르는 《벌거벗은 내 마음》에서 이렇게 적고 있다.

어째서 바다의 광경은 그로록 무한히 그로록 영원히 기분이 좋은가?

바다는 광대함과 운동의 관념을 모두 제공하기 때문이다. 예닐곱 리유[7]가 인간에게는 무한의 반경을 나타낸다. 축소판 무한인 거다. 그것으로 완전한 무한의 관념을 암시하기에 충분한지 어떤지가 뭐 대순가? (I, 696).

하지만, 수평선을 넘쳐흐르는 그 냉혹한 단조로움 속에서, 바다는 위협과 동의어가 된다. 신뢰와 절망을 동시에 의미한다. 바다의 소음, 그 시끄러운 소리는, 〈망상Obsession〉이라는 시에서 보듯, 공포심을 낳는 무수히 많은 군중의 웃음소리다.

나는 네가 싫다. 대양이여! 너의 그 날뜀과 소란,
나의 정신은 그것들을 제 속에서 찾아낸다.
흐느낌과 모욕 가득한 패배한 인간의 쓸쓸한 웃음,
나는 바다의 거대한 웃음에서 그 웃음소리를 듣는다.

〈일곱 늙은이Sept Vieillards〉의 마지막 절도 그렇다.

나의 이성은 키를 잡아보려 했지만 헛일이었다,

---

7 거리의 단위, 약 4킬로미터에 해당됨.(─옮긴이)

폭풍이 장난질하며 그런 노력을 길 잃게 했다,

그리하여 내 넋은 춤추고 또 춤추었다, 돛도 없는

낡은 거룻배처럼, 괴물 같은 끝없는 바다 위에서!

바다보다 더 나은 관능의 이미지도 고문의 이미지도
없다.

05

어두운 전조등

보들레르는 자신의 시대를 좋아하지 않았다. 그가 보기에 그의 시대는 19세기의 "유일사상"인 진보에 대한 천진한 믿음, 기술·사회·도덕·예술 등 온갖 형태의 진보론이 주된 특징이었다.

크게 유행하는 또 하나의 오류가 있는데, 그것을 나는 지옥처럼 멀리하고 싶다. ─ 내가 말하고자 하는 것은 바로 진보라는 관념이다. '자연'이나 '신성'의 보증 없이 특허를 받은 오늘날의 철학주의가 만들어낸 이 어두운 전조등, 이 현대식 전조등이 인식의 모든 대상에 어둠을 투사하고 있다. 자유가 증발하고, 처벌이 사라진다. 역사를 밝은 눈으로 보고자 한다면 무엇보다 먼저 이 엉터리 전조등을 꺼버려야 한다. 현대의 교만으로 부패한 이 땅에 활짝 핀 이 그로테스크한 관념은 사람들 모두에게 각자의 의무를 저버리게 하고, 모든 영혼을 책임감으로부터 해방하고, 의지를 미에 대한 사랑이 부과한 모든 속박에서 벗어나게 했다. 이 딱한 광기가 오랫동안 지속한다면 졸아든 인종들은 숙명의 베개를 베고서 망령 난 몰락의 잠에 빠지게 될 것이다. 이 자만은 벌써 너무나 가시적인 데카당스를 진단하게 해준다. (II, 580)

보들레르가 진보 이데올로기에 대해 이런 무시무시한 독설을 날리는 것은 1851년에 처음으로 성대한 산업 축제 양식을 선보인 런던 만국박람회가 개최된 지 몇 년 후, 제2제정帝政이 자신의 현대화 결의를 자축하기 위해 주관했던 1855년의 만국박람회 때다. 그는 진보의 모순됨을 포착하기 위해 "현대식 전조등", 다시 말해 "어둠을 투사하는" 전혀 마술적이지 않은 "어두운 전조등"이라는 반어적인 용어 조합을 만들어낸다.

보들레르가 이 글을 쓰기 직전, 그의 친구, 신기술 예찬자이자 시인 겸 사진가인 막심 뒤 캉Maxime Du Camp(그는 플로베르를 따라 오리엔드 지방에 함께 갔었다)은 만국박람회 때 실증주의적이고 진보주의적인 찬가, 즉 증기·가스·전기 등에 대한 유치한 찬가《현대적 노래들Chants modernes》을 출간하여 그의 짜증을 유발했다. 나중에 보들레르는 1861년《악의 꽃》의 마지막 시 〈여행Le Voyage〉을 막심 뒤 캉에게 헌정하여 그를 조롱한다. "지구 전체의 영원한 보고서", 즉 "불멸의 원죄의 지겨운 광경"을 보여주는 시, 이 세계를 "권태의 사막 속 공포의 오아시스" 같은 것으로 그리는 시다. 진보 예찬자에게 바치는 이 시 〈여행〉은 진보에 대한 모든 믿음을 망가뜨리는 데서 기쁨을 느낀다.

그런 현대적 열광은 동시대인들의 물질주의에 대한 보들레르의 분노를 자극한다. 그들은 과학과 기술을 움직이는 이 운동을 모델로 하여 풍속과 예술을 이해한다. 보들레르는 '빛'(계몽주의)의 철학, 그것이 표방하는 인간의 완벽성과 천부적 선의라는 관념을 고발한다. 그가 보기에 이는 루소Rousseau 이후 널리 퍼진 사도邪道로, 그 결과는 도덕적 쇠퇴다. 사람들은 역사가 우리의 조건을 개선해줄 것으로 기대하기 때문이다. 어떤 노력도 할 필요가 없다. "우리가 원치 않아도, 필연적으로—잠을 자면서도—진보하는 거라면 말이다."(II, 325).

보들레르와 함께하는 여름

보들레르가 생각하기에, 인간은 원죄에 물들어 나쁜 존재일 수밖에 없으며, 도덕 생활에 적용된 진보론은 인간 조건에 내재하는 이 '악惡'을 감춘다. 그래서 시인은 이 "19세기 특유의 온갖 바보짓"(II, 229)에 속고 있는 빅토르 위고를 원망하며, 그에 맞서 자신의 진실을 내세운다. "슬프다! 그토록 오랫동안 약속된 그 많은 진보 이후에도, 언제나 '원죄'의 많은 흔적이 남아 그 아득히 먼 과거부터의 현실을 확인시켜줄 것이다"(II, 224).

보들레르는 19세기 말 페시미스트(비관주의자)라는 말이 유행하기 전부터 비관주의자였다. 그 유행도 다른 무엇보다 그의 영향이 컸다.

단골 작은 카페에서 매일 신문을 읽는 모든 프랑스 사람에게 진보라는 말을 어떻게 이해하는지 물어보라. 그것은 로마인들이 알지 못했던 기적들, 증기·전기·가스등이라고, 그리고 그런 발견들은 고대인에 대한 우리 현대인의 우월성을 충분히 증언한다고 대답할 것이다. 그 불행한 뇌들 속에 그만큼 어둠이 가득하고, 물질적 차원과 정신적 차원의 사물들이 그만큼 망측하게 혼동되어 있어서가 아닌가! 불쌍한 인간은 산업적인 동물적 폭정의 철학자들에 의해 너무나 미국화되어, 물질적 세계와 도덕적 세계의 현상들, 자연과 초자연의 현상들을 특징 짓는 그 차이에 대한 개념마저 상실해버렸다. (II, 580)

진보 개념을 도덕의 영역에 적용한다는 것은 있을 수 없는 일이다. 인간은 언제나 같은 인간, 다시 말해 자연적인 인간, 즉 가증스러운 인간이기 때문이다. 보들레르는 《벌거벗은 내 마음》에서 이렇게 적고 있다.

진정한 문명의 이론.

그것은 가스등이나, 증기기관이나, 영매의 교령 원탁에 있는 것이 아니라, 원죄의 흔적을 줄이는 데 있다. (I, 697)

보들레르를 특히 분노케 한 것은 바로 예술에 적용된 진보 도그마다. 마치 현대 예술이 과거 예술을 없애 버리고, 모든 가치를 빼내 버리고, 그래서 과거 예술이 더는 예술이 아닌 것 같다. 들라크루아Delacroix는 "사람들이 그 앞에서 현대의 위대한 키메라(망상), 완벽성과 무한한 진보의 거대 풍선을 날렸을 때", 노한 목소리로 이렇게 외쳤다. "그렇다면 당신들의 페이디아스 Phidias[8]는 어디에 있는가? 당신들의 라파엘Raphaël은 어디에 있는가?"(II, 759). 진보에 속지 않은 들라크루아가 보들레르의 스승이었던 이유다.

---

[8] B.C. 500?-432?에 활동한 그리스 조각가.(—옮긴이)

06

미루는 버릇

보들레르는 자기 평가에 집착하는 사람이었다. 그는 노트·편지 등에서 부단히 자기 평가를 하곤 했다. 특히 어머니에게 편지를 쓸 때 그랬다. 삶을 바꾸겠다, 포도 주와 해시시를 끊고 정부情婦와 헤어지겠다, 좀 더 건전 하고 좀 더 점잖은 새 삶을 시작하겠다, 스무 살 때의 분별없는 짓들 때문에 그 후 내내 그의 숨통을 조여온 후견인 취소 결정을 얻어내기 위해 "아주" 정착을 하겠 다, 등등의 약속을 하곤 했다. 그는 1855년 12월, 새해 문턱에서, 어머니에게 이렇게 고백했다.

싸구려 식당과 호텔을 전전하는 생활에 이제 아주 넌더리가 납니다. 그것이 나를 죽이고 나를 독살하고 있어요. 지금껏 어떻게 견뎌왔는지 모르겠어요. (⋯)

사랑하는 어머니, 어머니는 시인의 삶이라는 게 어떤 건지 전혀 모르시고, 틀림없이 그런 논란거리에 대해 별로 이해하시는 바가 없을 거예요. 하지만 저의 주된 두려움은 바로 거기에 있어요. 저는 무명인 채 죽고 싶지 않고, 제대로 된 삶을 살아보지도 못한 채 늙고 싶지 않아요. **절대** 체념하지 않을 거예요. 저는 저라는 사람이 아주 소중하다고 생각해요. 다른 사람들보다 더 소중하다는 얘기가 아니라, 저에게는 충분히 소중하단 말이에요. (C, I, 327)

보들레르의 주소지 목록은 어마어마하다. 그는 끊임없이 주소를 옮긴다. 그는 1848년에 어머니에게 "**이미 오래전부터 제가 단지 의무감으로 사랑하는** 불쌍한 여자"라고 털어놓았던 잔 뒤발Jeanne Duval과 헤어지고자 하지만 실패하고 만다. 늘 이런저런 결심을 하지만 그것이 결과로 이어지는 법이 없다. 예를 들면 1865년 1월 1일의 결심도 그렇다.

저의 주된 의무, 어쩌면 저의 유일한 의무, 그것은 어머니를 행복하게 해드리는 것일 거예요. 늘 그런 생각을 해요. 그것이 제게 과연 허용될까요? (…) 우선, 올해는 어떤 도움 요청으로도 어머니를 괴롭혀드리는 일이 없을 거라고 약속드려요. (…) 올해는 일하지 않고 흘려보내는 날이 단 하루도 없게 하겠다는 것도 약속드립니다. (C, II, 432)

소비를 줄이고 일을 더 하겠다는 것, 이는 언제나 헛약속이 되고 만다. 어머니가 1857년에 옹플뢰르로 은퇴한 이후, 그는 끊임없이 그녀 곁으로 가겠다고 약속을 하지만, 부채와 고지서와 빚 돌려막기가 그를 병이자 약인 파리에 붙잡아둔다. 그는 다시 돛을 올리게 해줄 많은 계획을 세운다. 소설·단편·드라마 등의 임시 제목 목록을 작성하고 또 작성한다. 1861년에 그는 이렇게 적는다. "지금 나의 의지는 참으로 딱한 상태다. 만약 내가, 건강을 생각해서라도, 기필코, 머리를 일에 처박지 않는다면, 나는 끝장이다."(C, II, 123).

《불화살》의 단장들에서 그는 환상을 벗은 모럴리스트의 명철함을 드러내지만, 그러나 〈위생Hygiène〉의 단장들에서는 다시 식습관이며 수면 등, 일상생활의 통제를 다짐하고, 창작에 적합한 삶의 조건을 되찾기 위해 자신에게 엄격한 규율을 부여할 수 있으리라고 생

보들레르와 함께하는 여름

각한다. 그보다 더 일 얘기를 많이 한 사람, 그보다 더
일을 통한 구원을 많이 상상했던 사람은 없다.

원하는 것이 많을수록, 더 좋은 걸 원하게 된다.

일은 하면 할수록 더 잘하게 되고, 더 많이 일하길 바라게 된다.

생산하면 할수록 생산력은 더 늘게 된다. (I, 668)

가난·질병·우울 등, 그런 모든 것에서 치유되는 데 절대적으
로 부족한 것이 **노동 취미**다. (I, 669)

네가 매일 일을 한다면, 삶이 좀 더 견딜 만해질 것이다.

쉬지 않고 엿새 동안 일하라. (I, 670)

일이라는 말은 보들레르의 글 어디에나 나타난다.
언제나 그는 일하기에 어려움을 겪었고 글도 별로 쓰
지 않았다. 빅토르 위고의 어마어마한 생산에 비해 얇
은 시집 《악의 꽃》의 무게는 얼마나 작은가? 위고는 보
들레르가 평생에 걸쳐 쓴 시보다 더 많은 시를 매년 출
간했다. 《파리의 우울》에 실린 50편의 짧은 산문시에
비해 수천 쪽에 달하는 그의 소설들은 제쳐놓고라도
말이다. 보들레르는 후세 사람들에게서 종종 창작의

어려움과 빈약함으로 비난받았던 드문 작가였다.

사람들은 그를 생을 즐기고 순간을 최고로 만들 줄 아는 사람, 한가로운 산책자, 댄디로 기억한다. 사실은 정반대다. 보들레르는 무위를 자책하고, 나태를 괴로워하고, 미루는 습관을 혐오하고, 생산을 꿈꾼 우울한 사람이었다. 그는 아직 젊을 때인 1847년부터 자신의 상태를 완벽하게 분석했다. "영원한 불안에 휘둘리는 영원한 한가로움이 어떤 것일지 생각해보세요. 마음 깊이 그 한가로움을 증오하면서 말입니다."(C, I, 142). **우울과 이상**은 《악의 꽃》을 구성하는 대립 구도로 보면 곧 고통과 노동이다. 보들레르는 부단히 일을 예찬하고, 일해야 한다고 자신을 독려하지만, 일에 얼굴을 찌푸리고 늘 일의 시작을 미루는 것이 이 시인의 운명이었다.

시 〈백조Le Cygne〉에는 '일'과 '고통'이라는 두 단어의 머리글자가 대문자로 되어 있다. 보들레르가 일기 같은 글들에서 자신에게 부과하는 경구에 나타나듯이, 일은 고통인 동시에, 고통·우울·우수의 치료제다. 보들레르는 진심으로 일을 하고 싶어 하고, 일을 좀 더 많이 하기 위해 더 잘 살고자 하지만 영원히 그 목표에 이르지 못한다. 역시 〈위생〉에서, 그는 이렇게 말한다.

옹플뢰르로 가자! 가능한 한 빨리, 더 추락하기 전에.

이미 얼마나 많이 예감했고, 신은 또 얼마나 많은 신호를 보냈는가! 이제는 **정말 실천을 해야 할 때**라고, 지금 1분을 가장 중요한 순간으로 여기며, 내 일상의 고통, 즉 '노동'을 나의 **영원한 쾌락**으로 삼아야 할 때라고! (I, 668)

1861년 7월에 그는 어머니에게 이렇게 편지를 쓴다. "옹플뢰르에서 이루고 싶은 그 모든 문학적 꿈에 대해 어머니께 말씀드리지는 않겠어요. 얘길 하자면 너무 길어질 거예요. (…) 소설 주제가 스무 개, 드라마 주제가 두 개, 그리고 **저 자신**에 관한 큰 책 하나, 저의 **고백들**이 있어요"(C, II, 182). 그리고 1866년 3월에는, 그가 쓴 마지막 편지들 가운데 한 편지에서, 또 이렇게 적는다. "옹플뢰르에 정착하는 것이 언제나 저의 가장 소중한 꿈이었어요."(C, II, 626) ─물론 이 계획은 스페인 성(환상)으로 남게 된다.

보들레르의 작품은 빈약하다. 하지만 가치는 부피로 재는 것이 아니다. 때가 되자, 보들레르의 몇 안 되는 시들은 경쟁자들의 수천 시편을 능가했다. 그렇더라도 그의 낙담과 미루는 버릇─게으름, 무위, 불모, 실패의 악순환─이 그의 작품 성공의 필요불가결한 조건은 아니지 않았을까?

보들레르와 함께하는 여름

07

우울

내겐 천년을 산 것보다 더 많은 추억이 있다.

계산서, 시 원고, 연애편지, 소송 서류, 연가가,

영수증에 돌돌 말린 무거운 머리타래와 함께,

가득 차 있는 서랍 달린 커다란 장롱도

내 슬픈 뇌만큼 많은 비밀을 감추지는 못하리.

그것은 피라미드, 거대한 지하 묘소,

공동묘지보다 더 많은 시체를 간직하고 있는 곳.

— 나는 달빛마저 싫어하는 공동묘지,

거기 줄을 이은 구더기들은 회한처럼 우글거리며,

내 소중한 시체들에 언제나 악착같이 달라붙는다.

나는 또한 시든 장미꽃 가득한 오래된 규방,

거기 유행 지난 온갖 것들 널려 있고,

탄식하는 파스텔화들과 빛바랜 부셰의 그림들만

마개 빠진 향수병 냄새를 맡고 있다.

내가 읽은, 혹은 내가 뭔가를 느낀 보들레르의 첫 번째 시가 바로 이 시, 《악의 꽃》의 두 번째 〈우울Spleen〉인 것 같다. 고등학교 2학년 수업 시간에 선생님이 그 시를 해설해주던 날 내가 받은 충격은 어제 일처럼 생생하게 내 기억에 남아 있다. 그때 나를 그토록 충격에 빠트린 것은 무엇일까? 지금 와서 생각해보면 그것은 바로 나를 당황케 한 일련의 비유들, 그 모든 물질적이고 구체적인 동일시였던 것 같다. 시인은 자신의 기억을 서랍 달린 장롱과 동일시하고, 피라미드와 동일시하고, 공동묘지와 동일시하고, 규방과 동일시한다. 추억의 그 저장소들은 **뇌**cerveau를 **지하 묘소**caveau에 견주는 각운으로 압축된다.

보들레르는 자전적 노트에서 이렇게 특기했다. "**유년기**: 루이 16세 시대 양식의 낡은 가구, 골동품들, 집정 정부, 파스텔화들, 18세기 사회"(I, 784). 위의 시 두 번째 〈우울〉의 다락방은 구체제에 친숙한 그의 아버지의 세계다. 그리고 시인에게는 미래가 없다. 과거의 모든 무게가 현재를 짓누른다. 현재를 사로잡고, 마비시키고, 얼어붙게 한다.

그다음으로는, 구식의 예로서 부셰Boucher의 18세기만이 아니라 파라오 시대의 이집트까지 거슬러 올라가는, 시인의 기억이 갖는 천년이라는 엄청난 세월 혹은 그 까마득한 태고의 깊이가 내게 충격을 주었던 게 분명하다. 우울, 권태가 터무니없게도 영원까지 이르는 것이다. 이는 어찌 보면 시인 자신도 이미 죽은 사람이 된 것 같기도 하고, 결국 비슷한 말이겠지만, 어찌 보면 그가 죽은 이들과 함께 살면서, 영원히 죽지 못하는 형벌을 받는 것 같기도 하다. 영원히 평화를 얻지 못한 채, 이미 죽은 사람처럼 영원히 살아야 하는 형벌 말이다.

이 환상, "죽을 수 없다는 고뇌"는 《악의 꽃》의 많은 작품에 나타난다. 물론 삶은 "끝없이" 연장될 수 있을 것이다. 〈밭 가는 해골Le Squelette laboureur〉이란 시에서처럼, "무덤 구덩이에서조차 약속된 잠이 보장되지 않는" 곳, "모두가, '죽음'마저 우리에게 거짓말을 하는" 곳에서 말이다. 영원히 죽지 못하는 이 형벌은 마지막 날까지 걸어야만 하는 떠돌이 유대인의 신화를 상기시킨다. 존 잭슨John E. Jackson은 이렇게 적었다. "어쩌면 죽음은 단지 하나의 환상일지도 모른다, 사후 세계는 단지 생의 영속일 뿐이요, 산 자들에게 선고된 그 기다림의 연장일지도 모른다." 〈어느 호기심 많은 자의 꿈 Le Rêve d'un curieux〉에서, "무서운 새벽"이 죽음의 뒤를 이을 때 시인이 관찰하는 것이 바로 그것이다. 그 무엇도 열어 보여주지 않는 극장 무대의 막처럼, "막은 이미 걷혔는데도 나는 여전히 기다리고 있었다." 1860년에 보들레르는 어머니에게 이렇게 털어놓았다. "불행하게도 저는 수 세기 같았던 지난 수년 동안, 생이라는 형벌을 사는 듯한 느낌입니다"(C, II, 25).

눈 많이 내리는 해들의 무거운 눈송이 아래에서

우울한 무관심의 결과인 권태가

불멸의 크기로 커질 때,

절뚝이며 가는 날들에 비길 지루한 것이 세상에 있으랴.

— 이제부터 너는, 오, 살아 있는 물질이여!

안개 낀 사하라 사막 한복판에서 졸고 있는

막연한 공포에 싸인 화강암에 지나지 않으리,

무심한 세상 사람들에게 잊히고 지도에서도 버림받아,

그 사나운 울분을 석양빛에서만 노래하는

늙은 스핑크스에 지나지 않으리.

생이 피라미드의 돌만큼이나 무겁고, 버겁고, 불균형적이다. 권태와 우울이 시간을 침범해 시간을 영원으로 바꾸어놓는다. 하지만 사막 한가운데에서 길을 잃었으나, 아직 시인은 태양이 멤논의 조상처럼 저녁 어스름 속에서 모습을 감출 때 마지막 노래를 날릴 수 있는 "늙은 스핑크스"에 비유된다. 완전한 고독 속에서, 시인은 아직 노래하고, 그 궁극의 기념물인 이 시가 남는다. 부단히 실존해야만 하는 절망에도 불구하고, 예술 작품을 통한, 시를 통한 생존의 희망은 남아 있다.

08

혹평에 대하여

보들레르는 난폭한 사람이었다(혁명가가 아니라 반항아
였다며 그를 비난했던 사르트르는 그의 "지나친 폭력성"에 대해 애
기하지 않을 수 없었다). 시인은 분노에 찬 사람이었고 독
설가였다. 그는 삶이 끝없는 투쟁이라고 생각했고, 문
학이나 예술적 생을 전쟁으로 여겼다. 스물다섯 살 때
인 1846년에 그는 자신이 마치 이미 늙은 현자이거
나 옛 전사 혹은 베테랑이기라도 한양, 〈문학청년들에
게 주는 충고Conseils aux jeunes littérateurs〉를 내놓았다.
그 조언들 가운데 탁월한 위치를 차지하는 것이 "혹평
éreintage"이다(그는 같은 의미인 "éreintement"이 너무 부드러
운 표현이라고 생각해서 그렇게 말했을 게 분명하다). 그는 누군
가를 비평할 때, 물론 공감을 표할 때도 있지만 특히
반감을 드러내는 편이다. 그는 솔직함과, "가장 짧은
길인 직설直說"의 편이다.

직설은 이렇게 말하는 것이다. "X씨는… 정직하지 않은 데다 멍청하기까지 하다. 내가 증명하고자 하는 것이 바로 그것으로"—그것을 첫째—둘째—셋째—, 등으로 증명하겠다! 나는 이성에 대한 믿음과 단단한 주먹을 가진 모든 이에게 이 방법을 추천한다. (II, 16~17)

보들레르는 동시대 사람들을 혹평하고, 다그치고, 모욕하는 일을 서슴지 않았다. 특히 미술 평론에서 그랬다(나중에 그런 예들을 살펴볼 생각이다). 하지만 자신의 방법에 위험이 따른다는 것, 그의 혹평이 그 자신에 대한 혹평으로 되돌아올 수 있다는 것도 알고 있었다. 예를 들면 그가 위고 추종자 패거리들을 비난했을 때 그에게 닥친 일이 그랬다.

잘못 쏜 혹평은 비참한 사고다. 그것은 되돌아오거나 아니면 쏠 때 당신 손의 껍질을 벗기는 화살 같은 것이요, 그 여파가 당신 자신을 죽일 수도 있는 총탄 같은 것이다. (II, 17)

이 시인은 참 많이도 싸웠다. 특히 1848년에 파리의 거리와 바리케이드에서 그랬다. 하지만 자신의 증오를 아끼고 집중해야 할 필요성을 강조하기도 했다.

어느 날, 펜싱 수업 중에, 한 채권자가 찾아와 나를 당황하게 했다. 나는 그를 계단으로 쫓아가 검을 날렸다. 그러고 나서 되돌아오자, 씩씩거리며 나를 바닥에 내동댕이쳐버릴 수도 있었을 거구의 평화주의자, 무술 사범이 내게 이렇게 말했다. "어찌 그리 반감을 함부로 남발하는 거요! 시인이라며! 철학자라며! 쯧쯧!"—나는 두 번의 공격을 감행할 시간을 놓쳤다. 숨이 차고, 부끄럽고, 또 한 사람에게 멸시당했다—사실 나는 그 채권자에게 큰 상처를 주지도 않았다. (II, 16)

삶 자체, 특히 문학인의 삶은 사람들이 흔히 표현하는 이미지 그대로 칼싸움이거나 복싱이며, 그래서 "단단한 주먹을 가져야 한다"고 보들레르는 상기하곤 했다. 그는 미술 평론 〈1846년 미술전〉에서, 스탕달 Stendhal이 쓴 《이탈리아 미술사》의 한 장 제목, "어떻게 라파엘을 이기겠는가?"를 인용하여, 그것을 동시대의 어느 오리엔탈리즘 화가를 비판하는 데 적용했다.

보들레르와 함께하는 여름

"드캉Decamps 씨는 붓으로 무장하고서 라파엘과 푸생Poussin에게 대들려고 했다."(II, 450).

보들레르는 폭력을 마구잡이로 행사해서는 안 되며, 증오를 낭비할 게 아니라 아껴가며 조금씩 소비해야 한다는 것을 금방 깨달았다. 하지만 그는 1864년에 브뤼셀에서, 사진사 친구 나다르에게 또다시 이런 내용의 편지를 썼다.

자네 생각에는 **나**란 사람이 정말 벨기에인을 **때릴** 수 있었을 것 같아? 믿기지 않는 일 아닌가? 내가 누군가를 때릴 수 있다니, 그건 정말 터무니없는 일이야. 더욱더 끔찍했던 건, 그것이 완전히 내 잘못이었다는 거지. 그래서, 정의감이 되살아나자 사과하려고 그를 뒤쫓아 갔지. 하지만 그를 찾을 수가 없었네. (C, II, 401)

그 싸움의 동기는 모르지만, 우리는 그것이 〈가난뱅이들을 때려눕히자Assommons les pauvres!〉라는 산문시에서처럼, 어느 카바레 입구나 거리에서, 술을 마시기 전이나 마신 뒤에 벌어진 일일 것으로 생각한다. 이 산문시에서 시인은 평등과 박애에 관한 사회주의자들의 서적을 읽고 나서 어느 거지에게 이유 없이 주먹을 날린다.

나는 지체하지 않고 눈앞의 거지에게 덤벼들었다. 그의 눈에 주먹을 한 방 날렸더니 눈이 순식간에 공처럼 부풀었다. 그의 이빨 두 개를 부러뜨리느라 내 손톱 하나가 깨졌다.

시인이 그렇게 한 것은 그 거지가 좀 더 능동적으로 살도록, 다시 일어나 자신의 운명을 움켜잡도록 가르치기 위해서요, 그 가르침은 곧바로 결실을 얻는다.

갑자기 (…) 그 늙어빠진 불한당은 나에게 덤벼들어 내 두 눈을 멍들게 하고, 나의 이 네 개를 부러뜨리고, 예의 그 나뭇가지로 나를 횟가루가 되도록 후려 팼다—그렇게 나는 내 강력한 치료술로 그에게 긍지와 생명을 되돌려준 것이다.

시인은 거지가 반항하도록 자극하기 위해 그를 공격했다. 그에게 에너지의 교훈을 주기 위함이었다. 도미

보들레르와 함께하는 여름

에Daumier의 풍자화에서처럼, 보들레르는 인간은 선하게 태어난다고 생각하여 좋은 감정과 좋은 말로 가난뱅이들을 갱생시키고자 하는 박애주의자들을 조롱한다. 이 산문시의 한 이본異本에서는 이상향을 꿈꾸는 사회주의자 피에르 조제프 프루동Pierre Joseph Proudhon을 조롱의 대상으로 삼았다. 보들레르는 폭력성과 도발에 기대 자신의 의사를 표명한다. 도발은 그의 작품의 힘이기도 하다.

09

거울

보들레르는 민주주의자가 아니었다. 1848년 혁명 때, 그는 혁명에 열광하여, 파리 거리를 뛰어다니며 외쳤다. "오픽 장군을 총살해야 한다!" 당시 그의 양부는 루이 필리프 체제에 대한 항의의 거점인 에콜 폴리테크니크를 지휘하고 있었다. 하지만 그는 빨리 환상을 떨쳐버려야 했다. 1851년의 쿠데타는 그에게 충격을 주었고, 곧이어 그 쿠데타를 비준한 국민투표가 특히 그랬다. 그는 1852년 2월과 3월의 총선 이후 이렇게 말했다. "당신들은 투표소에서 나를 보지 못했다 (…). **12월 2일**은 나를 **신체적으로 탈정치화**했다. (…) 내가 투표를 했다면 오직 나에게만 표를 주었을 것이다."(C. I, 188). 많은 다른 지식인들과 마찬가지로, 그는 독재를 정당화한 직접 보통선거에 대해 확고한 경계심을 품게 되었다.

생의 만년에 벨기에에서 적은 노트들에서는, 보통선거를 인간이 자기 자신과 대면하는 것에 비유했다.

(진실을 숫자에서 찾는 것보다 웃기는 일도 없다.)

보통선거와 교령 원탁. 그것은 인간 안에서 진실을 찾는 인간이다(!!!)(II, 903)

교령 원탁과 보통선거, 그것은 빅토르 위고의 두 가지 괴이한 욕망이었다. 하나는 이성적이고 다른 하나는 비이성적이지만, 둘 다 터무니없기는 마찬가지였다. 그것들은 파스칼이 말했듯이 인간의 불행을 도외시하고, 스스로, 자기 안에서, 독자적으로 진실을 찾을 수 있다는 인간의 오만, 인간의 환상을 증언하기 때문이다.

《파리의 우울》에 수록된 짧은 산문시 〈거울Le miroir〉에서는 그런 대중의 주권이 조롱거리가 된다.

끔찍한 몰골의 사나이가 들어와 거울에 비친 제 모습을 본다.

"─어쩌자고 거울은 들여다보시오. 아무리 봐도 불쾌하지 않을 수 없을 텐데?"

끔찍한 몰골의 사나이가 나에게 대답한다. "이보시오, 89년의 그 불멸의 원칙들[9]에 따르면, 모든 인간은 권리에 있어서 평등합니다. 그러므로 나에게도 거울을 들여다볼 권리가 있습니다. 유쾌하거나 불쾌하거나 하는 건, 내 의식하고 관계된 문제일 뿐이지요."

양식의 이름으로는 분명 내가 옳았다. 그러나 법률의 관점에서 보면 그가 틀리지 않았다.

이 우화 속의 끔찍한 인간은 보들레르가 믿지 않는 루소의 선한 인간이 아니라, 영원한 인간, 원죄를 갖고 태어난 타락한 인간이다. 한데 그런 인간이 이제 모든 권리, 인권을 가졌다. 모든 인간에게 거울 속의 자신을 볼 권리를 부여하는 "89년의 그 불멸의 원칙들"을 보들레르는 보란 듯이 조롱한다. 구체제에서 거울은 하나의 사치품이요 귀족의 전유물이었으나, 이제 산업은 거울 속의 자신을 바라보고 자신을 찬미할 능력을 싼값에 퍼뜨린다. 장 스타로뱅스키가 관찰했듯이, "거울

---

9 1789년 프랑스 대혁명의 원칙들을 가리킨다.(―옮긴이)

보들레르와 함께하는 여름

을 보는 시선은 자기 자신을 코미디언으로 만들 수 있는 개인의 **귀족적** 특권이다." 말하자면 나르키소스처럼 자기 자신을 바라보다 소멸해버리는 일 없이, 자신을 둘로 나누어, 자신을 타자로, 댄디로 바라볼 수 있는 개인의 특권인 것이다. 그래서 보들레르에게는 거울의 민주화가 "진정한 신성모독"이다. 정치적 스캔들이자 형이상학적 사도邪道다.

보통선거를 통해 인간은 마치 거울 속에서 진실을 찾듯이 숫자에서 진실을 찾는다. 〈거울〉의 짧은 우화는 선한 자연이라는 관념을 바탕으로 한 민주주의를 조롱한다. 이 산문시는 풍자요, 반혁명 사상가 조제프 드 메스트르Joseph de Maistre의 사상에서 영감을 받은 반평등주의적 빈정거림이다. 보들레르가 그의 존재를 알게 된 것은 쿠데타 당시로, 그는 자신에게 "추론하는 법"을 알려준 이가 바로 이 사상가와 에드거 포Edgar Poe였다고 말한다(I, 669).

이 생각은 보들레르가 《벌거벗은 내 마음》의 힌 준엄한 단장에서 다시 한번 선언한 것과 부합한다.

투표와 선거권에 대해 내가 생각하는 것. 인간의 권리들. (…)
우롱하려 할 때 빼고 댄디가 민중에게 말을 거는 경우를 당신
은 상상할 수 있는가?
귀족정 외에 합리적이고 확실한 정부는 없다.
민주주의에 기초한 군주정이나 공화정은 모두 터무니없고
취약하다. (I, 684)

거울, 그것은 댄디가 조롱하는 인권을 가진 인간이
다. 보들레르의 이러한 태도는 제2제정 때, 폭군에게
표를 주는 민중에 대한 반감이 가득했던 당시 작가들
다수의 태도를 대변한다. 그들은 민중이 투표권을 즐
기기까지 했을 게 분명하다고 생각했다. 그런 경우가
아니고는 투표를 하지 않았으니까.

10

파리

보들레르는 나폴레옹 3세의 명에 따라 조르주 오스만이 단행한 대규모 파리 재건축 공사 때 사람이다. 그는 자신이 태어난 오트푀이여 거리를 포함하여 여러 중세 마을들이 파괴되는 것을 목격했으며, 군대를 상경시키고 1848년 혁명 때처럼 민중이 바리케이드를 설치하는 것을 저지하기 위해 추진되었다는 대로大路 건설 공사를 관찰했다. 제2제정 때 수도가 변하는 모습을 기록한 샤를 마르빌의 멋진 사진들은 보들레르의 몇몇 시편에 대한 해설 같다.

보들레르는 옛 파리에 대한 기억이 사라지는 것을 애석해했다. 이를 그는 《파리 풍경Tableaux parisiens》의 가장 아름다운 시들 가운데 하나인 〈백조〉에서 털어놓았다. 1861년에 《악의 꽃》에 덧붙여진 이 시는 루브르 박물관과 튈르리 공원 사이에 펼쳐져 있던 서민 동네가 해체되고 나서 생겨난 "새로운 카루젤 광장"을 묘사하면서 이렇게 탄식한다.

이제 옛 파리는 없다(도시의 모습은

아! 사람의 마음보다도 더 빨리 변하는구나).

옛 도시의 소멸은 시인의 우울을 고조시키고, 그를 현대 세계의 희생자들, 모든 망명자와 고아의 공모자로 만든다.

파리가 변한다! 그러나 나의 멜랑콜리 속에서는 그 무엇도

변하지 않았다! 새 궁전들, 비계들, 돌덩이들,

옛 변두리 동네들, 그 모든 것이 내게는 알레고리가 되고,

내 소중한 추억은 바위보다도 무겁다.

보들레르는 수도의 재건축에 기억의 무게를 대립시켰다. 《파리의 우울》에 실린 산문시 여러 편이 도시 풍경의 변모에 매달린다. 〈가난뱅이의 눈Les Yeux des pauvres〉은 최근에 파리를 "빛의 도시"로 만든 가스등

조명 아래에서, 댄디들과 여자 배우들이 어울리는 넓은 테라스가 딸린 대로변의 새 카페들을 묘사하고, 〈과부들Les Veuves〉은 공원과 야외 음악당을 연출하고, 〈후광의 분실Perte d'auréole〉은 군중이 자동차 무리 속에서 거니는 대로 통행의 갖가지 위험을 그린다.

1861년에 보들레르는 파리를 자신이 20년 전에 알았던 도시와 비교했다.

> 당시의 파리는 오늘날의 파리 같지 않았다. 이런 난장판, 이런 뒤죽박죽, 시간을 죽이는 그 방식이 세련되지 못하고 문학의 기쁨을 전혀 이해하지 못하는, 쓸모없는 바보천치들이 가득한 이런 바벨 같은 곳이 아니었다. 그 시절에는 **파리 전체**가 타인들의 견해를 형성하는 책무를 진 엘리트들로 구성되어 있었다. (II, 162)

20년 사이에, 우아하고 빼어난 도시 파리가 민주적인 도시가 된 것 같다. 왕정복고와 7월 왕정의 그 질서 정연한 귀족적인 도시 파리가 대중 문명의 혼돈을 가리키는 이미지들인 난장판이나 바벨 같은 모양새를 갖게 된 것 같다. 보들레르는 이 단절을 데카당스로 본다. 파리 재건축은 중세의 미로들을 없애는 환히 불 밝혀진 넓은 도로들이 가로지르는 도시 공간의 좀 더 합리적인 구성이 아니라, 파리가 어찌해야 할지 몰라 쩔쩔매며 빠져나가 버린 도시의 해체라는 것이다.

몇 년 사이에 파리 생활의 중심은, 루이 세바스티앙 메르시에가 유명한 책 《파리 풍경》에서 17세기 이후 유흥업소와 창녀촌의 혼탁한 뒤죽박죽으로 묘사한 팔레 루아얄에서 대로大路들로 이동했다. 보들레르는 수도 문화 지형의 이러한 변화를 다르게 본다. 이런 변화가 그의 눈에는 문학의 삶이 좀 더 평등주의적인 여러 여가 활동에 밀려 쇠락한 것으로 보이는 것이다.

카오스 이미지는 그가 〈1846년 미술전〉에서, "스타일과 색깔들의 법석, 난장판, 어조의 불협화음, 엄청난 상스러움, 몸짓과 태도의 범속함, 관례적 기법의 고상함, 온갖 종류의 상투적 표현들"(II, 490)이라고 말하는 현대회화를 묘사할 때 이미 나타난다. 현대성이란 한 마디로 소란과 소음이다. 산문시 〈장난꾸러기Un plaisant〉 2연은 도시의 "난장판"에 "소란"을 덧붙인다.

현대 도시에는 사방에서 울리는 아우성이 가득하다.

이 새로운 대도시는 다른 무엇보다도 소음이 그 특징으로 나타난다. 〈지나가는 여인에게À une passante〉라는 시에서는 거리 자체가 의인화되어 아우성을 친다. "거리는 내 주위에서 귀가 멍하게 아우성치고 있었다." 이 같은 소리의 격렬함, 끔찍한 비명은 도시의 시각적 우글거림에 부합한다. 그래서 오스만의 파리는 성경 속의 저주받은 도시 바벨에 비유된다. 현대 도시는 종말적이고 악마적이다. 그것은 혼란을, 원초적 혼돈을 재생하기 위해 창조를, 신성한 질서를 해체한다.

그렇지만 보들레르는 파리를 무척 좋아한다. 파리 없이는 살 수 없고, 파리를 떠날 수도 없다. 파리는 그의 마약이요, 병이자 약이다. 《악의 꽃》 에필로그 초고에서 그는 이렇게 외친다. "나는 너를 사랑한다, 오 치욕의 수도여!"

11

천재와 바보

보들레르의 편지 한 통이 2014년 6월 14일, 뉴욕에서 크리스티 경매사의 경매에 부쳐졌다. 보들레르의 친구이자 《악의 꽃》 편집자인 오귀스트 풀레 말라시 Auguste Poulet-Malassis에게 1860년 1월에 발송된 이 편지는 이미 1887년부터 알려졌다(C, I, 654~656). 그 내용은 해군 장교 출신의 미치광이 화가 겸 조각가 샤를 메리옹Charles Meryon의 방문에 관한 것으로, 보들레르는 파리의 기념물들에 환상적인 외양을 부여하던 그의 에 칭들을 예찬했다. 한데 이 편지에는 추신이 하나 딸려 있는데, 1887년의 편집자 외젠 크레프는 차마 그 내용을 그대로 전재할 수 없었다. 왜 그랬는지 이해가 될 것이다.

보들레르는 "빅토르 위고가 내게 계속 어처구니없는 편지들을 보내오고 있다"고 풀레 말라시에게 털어놓았다. 그러고는 몇 마디 말을 적었다가 지웠는데, 얼마나 철저하게 지웠던지 그 말들은 지금까지도 거의 판독 불가능한 상태로 남아 있다. 그러고는 다시 펜을 들고서 이렇게 설명을 했다.

방금 쓴 말은 너무 거칠어서 지우고 그냥 **질렸다**j'en esta ssez 라는 말로 고쳐 쓰네. 나로선 정말 그게 너무나 지겨워서, 언젠가 수필을 한 편 써서, 숙명적으로 **천재**는 언제나 **얼간이**라는 사실을 증명이라도 하고 싶은 마음이라네.

우리는 빅토르 위고에 대한 보들레르의 그 "너무 거친 말"이 무슨 말이었는지는 모르지만, 그가 왜 화를 냈는지를 모르지는 않는다. 보들레르와 위고의 복잡한 관계를 이보다 더 잘 보여주는 예도 없을 것이다. 위고는 그가 예찬하는 사람임과 동시에, 다작多作, 순진함, 진보에 대한 열정과 믿음 및 신비주의에 대한 신뢰("보통선거와 영매들의 교령 원탁") 등으로 끊임없이 그의 짜증을 돋우는 사람이다. 생트 뵈브에 대한 태도에서도 그렇듯이, 위고에 대한 보들레르의 태도에는 언제나 위선

이랄 수도 있는 이중성이 있다. 보들레르는 그들의 비위를 맞춰주나 등 뒤에서는 그들을 조롱한다.

사실 그는 1859년 12월 초에 위고에게 시를 한 편 보냈다. "선생님을 위해서, 선생님을 생각하며 쓴 시입니다. 선생님의 너무 매서운 눈으로 판단하지 마시고 어버이 같은 눈으로 판단해 주세요"(C, I, 622). 문제의 시는 그가 《파리 풍경》을 위해 1859년에 쓴 가장 아름다운 시들 가운데 하나로, 1961년 판 《악의 꽃》에 위고에게 바치는 헌시로 실리게 되는 〈백조〉라는 작품이다. "선생님의 천재성에 대한 저의 찬미와 공감을 아주 미약하게나마 증언하는 조그마한 상징으로 받아 들여 주시기 바랍니다"(C, I, 623).

'공감', '찬미', '천재성'. 보들레르는 성의를 다했으나, 위고의 감사 답장이 그의 화를 돋운 것 같다. 위고는 1859년 12월 18일 오트빌 하우스에서 그에게 이렇게 편지를 썼다.

당신이 쓴 모든 작품이 그렇듯이, 당신의 <백조>는 하나의 이념입니다. 모든 진정한 이념이 그렇듯이 이 시에는 깊이가 있습니다. 먼지 속의 이 백조는 깊은 고브 호수의 백조보다 더 깊은 심연을 자신의 발아래에 지니고 있군요. 떨림과 설렘 가득한 당신의 이 시에 그런 심연이 엿보입니다. **거대한 안개의 벽, 고통, 착한 암늑대처럼** 등이 모든 걸 말해줍니다. 너무도 통찰력 있고 힘찬 이 시절들을 보내주어 감사합니다.

위고가 이렇게 반응한 이 시는 카루젤 지구를 파괴한 파리의 변모를 그린 보들레르의 가장 대담한 이미지들 가운데 하나다.

우리를 빠져나온 백조 한 마리,

바싹 마른 포석을 오리발 갈퀴로 비비며,

울퉁불퉁한 바닥 위로 그 하얀 깃을 끌고 있네.

물도 없는 도랑 가에서 이 짐승 부리를 열고,

먼지 속에 제 날개 안절부절 멱 감기며,

아름다운 고향 호수 그리는 마음 가득하여 말하기를:

"물이여, 넌 언제 비 되어 내리려니? 넌 언제나 울리려니, 우레여?"

위고의 위 편지에서 보들레르를 그토록 화나게 한 것은 무엇일까? 분명 그것은 찬사의 상투적인 측면이다. **이념, 깊이, 떨림, 설렘, 통찰, 힘** 같은 말들이 위고의 펜 아래에서 상투어처럼 울린다. 게다가 위고가 1843년에 피레네 지방에서 방문했던 고브 호수에 대한 언급은 백조의 알레고리를 한낱 사실주의적 세부묘사로 만들어버린다.

보들레르가 보기에 위고는 천재와 바보의 유사성을 증명해주는 사람이었다. 아둔함은 자신을 감시하고 자신을 비판하고 자신을 검열하는 일을 망각하게 해주기 때문에 창작을 쉽게 하는 데 꼭 필요한 요소지만, 자신에게는 그런 아둔함의 함량이 부족함을 보들레르는 잘 알고 있었다.

> 상투어를 창작하는 것, 그것이 천재다.
> 나는 상투어를 창작해야 한다. (I, 662)

이 결심은 《불화살》에 등장한다. 보들레르는 자신에게, 위고가 다량 생산했던 상투어들을 창작하라고 권

보들레르와 함께하는 여름

했다. 하지만 그는 너무 똑똑해서 그렇게 하지 못했고, 우리에게 역설들을 남겼다.

어쨌든, 보들레르가 위고에게 한 그 "너무 거친 말"은 어쩌면 내 생각만큼 그리 판독하기 어려운 것이 아니었을지도 모른다. 전문가의 도움으로, 나는 철저하게 지운 그 흔적 아래에서, "정말 지긋지긋하다네Vraiment il m'emmerde"라는 말을 읽어낸다. 〈백조〉의 시인은 〈명상〉의 시인에게 자신의 속내를 그렇게 표현했다.

12

후광의 분실

오스만의 파리에서, 다른 정보 없이 머리글자만 대문자로 적는 "대로大路"는 큰 대로 중에서도 가장 번창하는 길, 즉 라 쇼세 당텡 가街와 리슐리외 가 사이의 '이탈리아인들의 대로'다. 그 대로에서는 수많은 군중이 자동차들의 틈바구니에서 발걸음을 재촉한다. 가장 위험한 교차로, 그래서 "깔려 죽은 자들의 교차로"라는 별명이 붙은 교차로는 몽마르트르 대로에 있는, 몽마르트르 가와 포부르 몽마르트르 가의 교차로다. 이곳은 서편의 고급 상가와 동편의 좀 더 대중적인 상가 사이의 경계이기도 하다. 이 동편 상가는 유명한 "범죄의 대로"까지 이어지는데, 오스만은 1862년에 이 대로를 허물고 현재의 레퓌블리크 광장을 건설한다. 우리는 머리글자를 대문자로 적는 위 대로에 있는 "깔려 죽은 자들의 교차로" 근처가 바로,《파리의 우울》에 실린 산문시 〈후광의 분실〉에서 시인에게 닥친 그 불운의 현장이라고 생각한다. 이 산문시는 대화 형식을 취하고 있다.

　—여보게, 자네도 내가 말과 수레를 무서워하는 걸 잘 알지 않는가. 방금 내가 서둘러 큰길을 건너고 있는데, 죽음이 사방에서 일시에 덤벼드는 그 혼돈의 와중에서 진흙탕을 뛰어넘다가 그만 몸을 급하게 놀리는 바람에, 내 후광이 머리에서 미끄러져 나가 매커덤 포장도로의 진창에 빠지고 말았다네. 어디 그걸 집어 올릴 용기가 나야지. 등을 꺾느니 휘장을 잃어버리는 편이 덜 불쾌한 일이라고 판단했네. 그러고는 혼자 생각했지. 어떤 일에서는 불행한 것이 좋은 것이다. 나는 이제 익명으로 나다닐 수 있고, 비열한 짓도 할 수 있고, 또 평범한 사람들처럼 방탕에 빠질 수도 있을 테니까. 그래서 보다시피, 나도 이렇게 자네와 똑같아졌네!

　대로의 군중 속에서, 고대부터 진실의 예언자로 통해온 신성한 시인을 드러내 주는 휘장인 후광이 "매커덤 포장도로의 진창"에 떨어진다. 보들레르는 도로를 그 포장 방식으로 지칭하기 위해, 새로운 단어, 영어에서 빌려온 기술적 용어[10]를 사용한다. 이제 도시와 현대적 삶, 그 난장판, 그 혼돈 속에는 시인을 위한 자리가 없다. 이제 시인은 세상 모든 사람과 마찬가지로, 강등되고, 실추되고, 모욕당하는, 알아볼 수 없는 존재다. 대화는 이렇게 계속된다.

—그래도 후광을 잃어버렸다고 공시를 하던가, 경찰에 연락해서 찾도록 해야지.

—천만에, 그럴 생각이 없네. 여기 있으니 이렇게 마음이 편한걸. 나를 알아본 사람은 자네뿐이야. 더구나 위엄이라는 것이 내게는 따분하기만 해. 어떤 형편없는 시인이 그걸 주워서 뻔뻔스럽게 쓰고 다닐 거라는 생각에 즐겁기도 하고. 행복한 사람 하나를 만들어내는 것이니, 얼마나 즐거운 일인가! 특히나 나를 웃기는 행복한 사람을! X나 Z를 생각해보라고. 어때! 얼마나 가관이겠어!"

---

10 매커덤은 매커덤 방식의 포장도로를 가리키는 말로, 매춘부들이 손님을 끄는 보도를 뜻하기도 한다.(—옮긴이)

환상을 떨쳐버린 시인은 자신의 실추에 아이러니로, 비웃음 혹은 블랙 유머로 반응한다. 그는 오늘날의 세계에서도 여전히 시인으로 행세할 수 있다고 믿는 이들에게 경멸을 표한다. 《현대의 노래》에서, 가스·전기·사진술을 예찬하는 자신의 옛 친구 막심 뒤 캉처럼 말이다. 아이러니는 멜랑콜리가 짜내는 최후의 꾀다. 보들레르는 "중세의 우의적인 이미지들과 먼 옛날의 '죽음의 무도'의 날카로운 아이러니"를 높이 평가한다(C, I, 535). 〈후광의 분실〉은 일종의 죽음의 무도이자, 현대 세계에 처한 시인의 상황에 대한 알레고리다. 그것을 우리는 잔인하면서도 따뜻한 도미에의 풍자화에서 잘 볼 수 있을 것이다.

한데 보들레르는 이전에 이미, 거리에서 맛본 시인의 추락을 몹시 불안하게 다룬 버전을 《불화살》에서 스케치한 바 있다.

신작로를 건너며 마차를 피하려고 좀 서두르다가, 나의 후광이 떨어져 매커덤 포장도로 진창에 빠져버렸다. 다행히도 그것을 주울 시간이 있었다. 그러나 이것은 나쁜 징조라는 불길

한 생각이 내 머릿속에 스며들었다. 그 후 이 생각을 떨쳐버릴 수 없었다. 온종일 그 생각 때문에 마음이 편치 않았다.

이처럼 《불화살》의 불운한 이야기에서 《파리의 우울》의 풍자적 풍속화로 넘어가면서, 보들레르는 이 산문시를 통해 현대의 예술가가 느끼는 모멸감을 극복할 수 있었고, 그 모멸감을 여전히 시의 권위에 곧잘 속는 동시대 사람들보다 자신이 우월하다는 자기 긍정으로 바꿀 수 있었다. 보들레르는 현대 세계에서 예술이 어떻게 권위를 상실해 가는지를 누구보다 명철하게 관찰한 사람이었다.

13

지나가는 여인

거리는 내 주위에서 귀가 멍하게 아우성치고 있었다.

상복 차림에, 장중한 고통에 싸인, 후리후리하고 날씬한

여인이 지나갔다. 화사한 한 손으로

꽃무늬 주름 장식 치맛자락을 살포시 흔들며;

날렵하고 의젓하게, 조각 같은 그 다리로.

나는 마셨다, 얼빠진 사람처럼 경련하며,

태풍이 싹트는 창백한 하늘, 그녀의 눈에서

얼 빼는 감미로움과 애태우는 쾌락을.

한 줄기 번개… 그리고 밤! 그 눈길로 홀연

나를 소생시킨 달아나는 미인이여,

영원에서밖에는 그대를 다시 보지 못하려가?

아득히 먼, 저세상에서! 너무 늦게! 아마도 **영영!**

그대 사라진 곳 내 모르고, 내 가는 곳 그대 알지 못하기에,

오 내가 사랑했을 그대, 오 그것을 알았던 그대여!

이 지나가는 여인으로 보들레르는 현대의 주요 여성 신화 중 하나를 창조, 혹은 결정적으로 축성했다고 할 수 있다. 군중 속에서 다급히 얼핏 보았으나 곧바로 시야에서 사라져버린, 군중의 움직임에 실려 재빨리 사라져버린 여인, 그 후 오랫동안, 어쩌면 항상 갈구하지만, 영원히 되찾을 수 없게 된 미지의 어느 이룰 수 없는 여인의 신화. 이는 현대적 환상이다. 예전의 사회는 익명의 사회가 아니었기 때문이다. 예전 사람들은 큰길에서 마주치는 사람들을 알거나 알아보았다. 같은 동네에서 살았고, 동네를 벗어나는 일이 거의 없었다. 우연히 웬 여인과 마주쳐, 그 여인에게 마음이 설렌 남자가 그녀를 다시 찾으려고 하면 그리 오래 걸리지 않았다.

19세기에는 파리나 런던 같은 대도시에서의 정체성 상실을 불안해하는 증언들이 많다. 시인과 그를 매혹

하는 여인을 서로 멀리 떨어진 곳으로 이끌고 가는 것은 거리의 바쁜 발걸음, 대로의 군중, 무리의 소란이다. 마치 어느 소설의 한 장면처럼, 역에 정차한 기차에 탄 웬 아가씨가 눈에 띄고, 서로의 시선이 교차하고, 다시 한번 흘끔 엿보지만, 곧 그 기차는 관찰자가 부동으로 머무는 기차의 반대 방향으로 출발하고, 그리하여 그는 그저 욕망과 향수에만 매달리는 신세가 된다. 지나가는 여인들, 보들레르 이후 우리는 그런 여자들을 모든 문학에서 보게 된다. 그의 "달아나는 미인"은 프루스트 소설의 여인들을 예고한다. 절대 머무르게 할 수 없는, 수인囚人으로 잡아두기가 불가능한, "도주하는 존재들"로 규정되는, 오데트와 알베르틴 같은 달아나는 미인들을.

한데 그 여인은 과부다. 아름답고, 엄숙하고, 당당한 그녀가, 사념에 사로잡혀, 고개 숙인 채 차도를 건너간다. 자신이 어떤 매력을 발산하는지 의식하지 못하는 것 같지만, 그녀는 그것을 알고 있다.

그녀의 옷차림은 검다. 검은색, 그것은 "현대적인 주인공의 치장"이라고, 보들레르는 《1846년 미술전》에서 적고 있다(II, 494). "검고 야윈 자신의 두 어깨 위에까지 영원한 상喪의 상징을 걸치고서 괴로워하는 우리 시대가 필요로 하는 옷"이라고. 여기서 보들레르가 묘사하는 것은 대로를 걷는 남자들의 유니폼인 새로운 옷차림이다. 그러므로 검은 옷차림을 한 과부에게는 남자다운, 남성적인 뭔가가 있다. 사실, 당시에는 오직 과부만이 자유로운 여성이었다. 그녀들은 아버지에게도 남편에게도 종속되어 있지 않다. 그녀들은 자기 자신의 주인이다. 자기 뜻대로 자신의 생을 사는 젊은 과부, 이 또한 19세기 문학 전체를 관통하는 하나의 환상이다. 그녀는 욕망을 품고서 자신의 독립을 즐긴다.

가난하지만 자존심 강한 이 과부, 우리는 《파리의 우울》의 산문시 〈과부들〉에서 그녀와 다시 만난다. 그녀는 어느 공원에서 연주회 음악을 듣고 있다. 이번에도, "옛날의 아름다운 귀부인들을 그린 초상화 소장품에서도 이와 견줄 만한 여인을 본 기억이 나지 않을 만큼 자태 하나하나가 너무도 고결한, 키가 크고 위엄이 서린 여인"이다.

시인은 이 "키 큰 과부"를 예찬한다. 그녀 앞에서 우리는 보들레르의 어머니를 생각하게 된다. 그녀가 "자신처럼 검은 옷을 입은 어린아이의 손을 잡고" 있어 더욱더 그렇다. 마네Manet의 그림이나 가바르니Gavarni의 데생에서처럼, 둘 다 검은 옷을 차려입은, 어린 소년과 함께 있는 키 큰 과부.

이처럼 〈지나가는 여인에게〉라는 시에서는 보들레르의 중요한 주제들이 다수 교차한다. 남자와 여자가 군중과 소음 속에서 자신들의 정체성을 상실하는 현대 도시라는 주제(종종 보들레르는 개미집 이미지에 기대어 사람들 무리를 묘사한다)가 있고, 이룰 수 없는, 조각 같은, 이상적인 여인이라는 주제가 있고, 아름다움과 분리되지 않는 고통·슬픔·멜랑콜리라는 주제가 있고, 마지막으로는 히스테리 환자 같고 무능한, "경직된", "괴상한" 시인에게 미치는 여인의 효과라는 주제가 있다.

14

들라크루아

디드로Diderot와 스탕달이후, 아폴리네르Apollinaire와 브르통Breton이 등장하기 전까지, 보들레르는 미술에 심취하여 현대 미술의 안내자를 자처한 현대 작가 중 한 사람이었다. 화가들은 그들을 필요로 했다. 작품들 이 난해해져서인데(난해성은 현대미술의 특징이다), 작가들 은 그들의 작품을 대중에게 설명해주고자 했다.

보들레르는 《벌거벗은 내 마음》에서, 자신의 일이 "이미지 숭배를 축복하는 일(나의 위대한, 나의 유일한, 나 의 원초적인 열정)"이라고 말한다(I, 701). 미술에 대한 그 의 예찬의 기원은 먼 과거로 거슬러 올라간다. 그의 아 버지 프랑수아 보들레르는 미래의 시인 보들레르의 출 생신고서에 "화가"로 규정되어 있었다. 시인은 언제나 미술에 대해 호기심을 보였고, 그 자신이 풍자화에 특 히 재능이 있는 훌륭한 데생 작가이기도 했다.

들라크루아에 대한 그의 예찬은 오래되었다. 그가 1843년부터 체류했던 생 루이섬의 피모당 호텔에서부터 이미 확인이 된다. 그 호텔에 머물 때 그는 들라크루아의 햄릿 주제 석판화 연작에다, 그의 친구 에밀 드루아Émile Deroy가 복제한 그림 〈알제의 여인들〉(루브르 박물관 소장)을 소유하고 있었다. 1845년에 발표한 그의 첫 〈미술전〉에서부터, 들라크루아는 그의 영웅이다.

들라크루아 씨는 고대와 현대를 통틀어 가장 독창적인 화가가 분명하다. 사실이 그런 걸 어쩌겠는가? 들라크루아 씨의 친구들이나 가장 열렬한 예찬자들 가운데 누구도 감히 우리처럼 이렇게 단순하게, 노골적으로, 낯두껍게 그런 말을 하지는 못했다. (…) 들라크루아 씨는 앞으로도 늘 어느 정도 논란거리가 될 것이다. 딱 그의 후광에 빛을 약간 덧붙이는 데 필요한 정도로만 말이다. 금상첨화 아닌가! 그는 언제까지나 젊게 존재할 권리가 있다. 그는 우리가 판테온에 모신 몇몇 불쾌한 우상들처럼 우리를 기만하지 않았고, 우리에게 거짓말을 하지 않았기 때문이다. (II, 353)

들라크루아는 **낭만파**이고 **색채파**이며, 무엇보다 이두 가지 특질이 그를 현대 화가로 만들지만, 그렇다고 해서 그가 최상급 데생 작가들에 필적하는 위대한 데생 화가라는 사실이나, 가장 고전적인 화가들과도 경쟁할 수 있는 화가라는 사실이 부인되지는 않는다.

우리가 알기로 파리에서 들라크루아 씨만큼 데생을 잘 그리는 사람은 둘뿐인데, 한 명은 화풍이 유사하고, 다른 한 명은 정반대다.—그 한 명은 풍자화가 도미에 씨고, 다른 한 명은 라파엘의 여우 같은 숭배자인 위대한 화가 앵그르 씨다. (…) 아마도 도미에가 들라크루아보다 데생을 더 잘 그린다고 말할 수도 있을 것이다. 재능에 병든 위대한 천재의 낯설고 경악스러운 재능보다 정상적이고 견실한 특질들을 선호하는 사람이라면 말이다. 세부묘사를 몹시도 사랑하는 앵그르 씨는 위의 두 사람 모두보다 데생을 더 잘 그린다고 할 수도 있을 것이다. 앙상블의 조화보다 꼼꼼한 정교함을 선호하는 사람, 구성의 특성보다 부분의 특성을 선호하는 사람이라면 말이다. 하지만, (…) 세 사람 모두를 사랑하도록 하자. (II, 356)

도미에와 앵그르는 1845년의 미술전에 출품하지 않았지만, 보들레르는 언제나 풍자화에 관심을 기울였다. 풍자화는 "종종 삶의 가장 충실한 거울"(II, 544)이라고 그는 말한다. 다시 말하면, 현대적인 삶의 가장 충실한 거울, 유행이 지닌 일시성과 영원성을 가장 충실히 반영하는 거울이라는 말이다. 게다가 그는 공평하게도, 들라크루아를 좋아함과 동시에 앵그르의 위대성 역시 인정하고, 데생과 색채의 상투적인 대립도 넘어선다.

화가들은 자신들의 시대를 표현해야 한다는 것, 그것은 보들레르의 작품 전체를 관통하는 주된 사상이며, 들라크루아는 〈지옥으로 간 단테와 베르길리우스〉(루브르 박물관 소장)를 그릴 때조차도, "그의 모든 작품에서 표출되는 그 독특하고 질긴 멜랑콜리"(II, 440)를 담아내기 때문에 현대적이다. 들라크루아는 고통의 화가여서 현대적이다.

이 전적으로 현대석이고 진적으로 새로운 특질로 인해 들라크루아는 예술에서의 진보를 나타내는 최종 표현이다. 그는 위대한 전통, 즉 구성상의 화려함과 고상함과 풍부함을 물려

받은 옛 거장들의 당당한 계승자이며, 고통을 표현하는 기량·열정·손놀림 면에서는 그들을 능가한다! 사실 그의 위대성은 바로 이 점에서 중요하다. (…) 들라크루아를 치워보라, 역사의 위대한 사슬이 잘려 바닥에 무너져내린다. (II, 441)

한마디로 들라크루아는 고전적인 동시에 현대적이다. 그는 현대적인 것을 고전의 높이로 끌어올린다. 그는 역사의 전개에 없어서는 안 될 존재다.

1859년에 보들레르는 무엇이 들라크루아의 **"특수성"**인지를 다시 한번 탐구한다. 이번에 찾아낸 해답은 **상상력**, 꿈이다. 들라크루아는 "유한 속의 무한"(II, 636)이라고 그는 말한다. 그 후 보들레르는 1863년에 화가가 사망한 뒤 다시 한번 그에게 존경을 표한다. 그의 작업, 그의 고독, 그의 결의에 대한 예찬이다. 그때 그는 화가의 다음과 같은 말을 인용한다.

"예전에 젊었을 때, 나는 오직 음악이나 춤, 아니면 다른 어떤 놀이 등, 저녁에 뭔가 즐거운 일이 있을 것 같은 생각이 들 때만 작업을 할 수 있었습니다. 하지만 지금은 더는 그런 초등

생 같지 않아서, 보상을 받으리라는 희망 없이도 중단 없이 일할 수 있어요. 게다가, ─하고 그가 덧붙이기를, ─꾸준한 노동이 얼마나 사람을 너그럽게 해주고 쉬 즐길 수 있게 해주는지 아셔야 합니다! 하루의 일과를 잘 마친 사람은 동네 그림 중개상도 능히 마음의 여유를 갖고 대할 수 있어서 그와 함께 카드 게임을 할 수도 있을 것입니다." (II, 762~763)

"야만인"이요, 끈질긴 싸움꾼인 들라크루아, 그는 보들레르에게 화가의 모델로 남게 된다.

15

예술과 전쟁

혐오나 사랑에 있어서 보들레르의 열정은 극단적이다. 예를 들어, 그의 〈미술전〉들에는 1845년의 들라크루아나 윌리엄 오술리에William Haussoullier, 1859년의 외젠 부댕Eugène Boudin 같은 "등대들"도 있지만, 오라스 베르네Horace Vernet 같은 희생양도 있다.

〈1845년 미술전〉에서, 보들레르는 베르사유궁 미술관의 역사화 대작인 베르네의 유명한 그림 〈스말라 다브드 엘 카데르의 탈환〉을 비난한다. 그림은 "카바레의 파노라마", 즉 단일성도, 영감도, 전율도 없이, "연재물 방식"으로 일화들을 병치하는, 일화적인 세부묘사들이 우글대는 장식에 비유된다. 그 일 년 뒤, 〈1846년 미술전〉에서, 보들레르는 이렇게 폭발한다.

오라스 베르네 씨는 그림 그리는 군인이다.─북소리에 맞춰

그리는 이 즉흥 예술, 말 달리듯 빠르게 칠을 해대는 이런 그림들, 총질로 만들어진 이런 회화를 나는 싫어한다. 내가 부대를, 군대를, 평화로운 장소에 시끄러운 무기를 끌어들이는 모든 걸 싫어하듯이 말이다. 그 엄청난 인기는 전쟁보다 더 오래 계속되지는 않을 것이요, 민중이 다른 걸 좋아하게 되면서 점차 줄어들 텐데,─그 대중적 인기, 그 **백성의 소리, 하늘의 소리vox populi, vox Dei**가 내게는 하나의 억압이다.

나는 이 인간을 싫어한다. 그의 그림은 회화가 아니라 날래고 잦은 자위행위 같은 것, 프랑스인의 피부 자극 같은 것이기 때문이다. (II, 469~470)

보들레르는 그의 양부가 종사하는 군대, 뷔고 원수가 알제리에서 아브드 엘 카데르와 싸운 전투로 대중의 인기를 누린 군대를 혐오하지만, 문학 전쟁을 싫어하지는 않는다. 그럴 때는 자신의 혹평론으로 되돌아간다.

혹평할 때 곡선을 선호하는 많은 이들은 나보다도 오라스 베르네 씨를 더 싫어하면서도 나더러 서투르다고 비난할 것이다. 하지만 각 문장의 **나**가 **우리**를, 무한한 **우리**, 보이지 않고 침묵하는 **우리**를 내포할 때는 거칠고 단도직입적인 것이 무분별한 행동이 아니다, ─국가의 온갖 어리석은 짓거리와 전쟁의 적인 새로운 세대 전체, 어느새 꼬리에서 밀어붙이고, 팔꿈치로 치고, 자기 자리를 만드는, 젊기에 건강 넘치는 세대, ─진지하고, 냉소적이고, 위협적인 세대로서의 **우리** 말이다! (II, 471)

보들레르는 부르주아 비평의 기만적이고 위선적인 비평을 거부하고 세대 간의 공개적인 투쟁을 선언한다. 그는 자신이 혼자가 아니라는 느낌, 자기 뒤에 자기 또래 무리가 있다는 느낌을 품고 있다. 에르나니 논쟁 이후, 낭만주의와 더불어, 사람들은 세대를 대립시키는 각종 선언의 시대로 진입했다. 머지않아 구세대와 신세대, 관학파와 젊은이들을 대립시키는 아방가르드 시대가 열리게 된다.

보들레르는 당혹스럽고, 격렬하고, 구체적이고, 강력하고, 영웅적인 몇 가지 이미지를 품고 있다. **꼬리에서 밀어붙인다**는 어떤 종대나 소대, 어떤 대열을 전진시키기 위해 뒤에서 압박하는 것을 암시한다. **팔꿈치로 친다**는 팔꿈치를 놀려, 옆으로 밀치고 뒤흔들어 자리를 비우게 강요한다는 뜻이다. **자기 자리를 만든다**faire ses trous는 **구멍을 뚫다[돌파하다]**faire trou라고 말하듯 자신의 길을 만들거나 침투하고 득점하는 것, **쏘고 돌파한다**faire balle et faire trou라는 표현처럼 후미에서 공격을 감행하는 것을 의미한다. 모두 다 제거하고 대체하는 것을 목표로 하는 매우 공격적인 표현들이다.

하지만 《벌거벗은 내 마음》에서 보들레르는 진보주의 예술가들이 장려하는 문학의 전투적 혹은 군사적 비전을 규탄한다.

군사적 은유에 대한 프랑스인들의 선호와 사랑에 대하여.

(…)

전투적인 문학.

항상 공격이나 방어 태세를 취하는 것.

깃발을 높이 치켜세우는 것.

깃발을 높이 단단히 쳐들고 있는 것.

난투에 뛰어드는 것.

베테랑 중의 일인.

이 모든 영광의 미사여구는 대체로 선술집의 유식쟁이들과 게으름뱅이들에게 잘 어울린다. (I, 690~691)

전투 시인들.

전위 문학가들.

이 같은 군사적 은유 습관은 투쟁적 정신이 아니라 규율, 즉 순응에 길이 든 정신, 하인 근성을 타고난 정신을 드러낸다. (I, 691)

보들레르는 언제나 반순응주의자였고 별난 싸움꾼으로 머무른다. 어렸을 때도 그는 "그냥 교황이 아니라, 군사 교황"(I, 702)이 되고 싶어 했다. 그의 영웅인 진정한 예술가는 인간을 혐오하는 병사들이요, 이상에 대한 신념으로 뭉친 고독한 정복자들이다. 그는 1862년 1월 플로베르에게 부친 편지에서 이렇게 적었다. "귀하는 진정한 전사입니다. 귀하는 성스러운 전투에 임할 자격이 있습니다"(C, II, 224). 보들레르는 혼자서 싸우기로 마음먹었다. 들라크루아처럼, 우선 자기 자신에 맞서 싸우기로 했다. "그런 사람, 그런 용기와 그런 열정을 타고난 사람에게 가장 흥미로운 투쟁은 자기 자신에게 맞서는 투쟁이다"(II, 429).

16

마네

보들레르와 마네, 함께 '대로'변의 카페들을 자주 드나들며 친구로 지냈던 두 사람은 서로 닮았다. 둘 다 부르주아였고 댄디였으며, 본의 아니게 각자의 예술을 혁신했다. 둘은 본의 아닌 단절의 예술가들이었다. 1857년에《악의 꽃》이 유죄판결을 받았음에도 불구하고 보들레르가 1861년에 프랑스 학술원에 입후보했을 때, 그의 그런 무분별은 온 세상을 놀라게 했다. 당시 어느 저널리스트는 이렇게 평가했다. "만약 이 존엄한 마자랭 궁의 모든 유리창이 산산조각으로 부서지지 않는다면, 분명 고전 전통의 신이 죽어 땅에 묻힌 것으로 믿어야 할 것이다."

마네는 자신의 작품이 왜 스캔들을 일으키는지 이해가 안 된다는 듯 매년 '미술전'에 작품을 출품했다. 〈풀밭 위의 점심〉(오르세 미술관 소장)을 출품했지만, 이 작품은 1863년에 '낙선전落選展'에 전시되었다. 〈올랭피아〉(오르세 미술관 소장)는 1865년 공식 미술전에 받아들여지긴 했으나 혹평을 받았다. 비평가들은 그에게 매서운 비판을 가했고, 그는 몹시 마음이 상했다.

그는 이 같은 시련을 먼저 겪은 선배에게 조언을 구하듯, 브뤼셀에 머무르고 있던 보들레르에게 편지를 썼다.

친애하는 보들레르, 당신이 이곳에 없어 너무도 아쉽습니다, 욕설들이 내게 우박처럼 쏟아지는데, 여태 그런 욕설 잔치를 당해본 적이 없습니다. (…) 나의 그림에 대한 당신의 건전한 판단을 받아보고 싶었습니다. 그 모든 외침이 신경에 거슬리고, 누군가 착각하는 사람이 있는 게 분명하니 말입니다.

극도로 신랄한 공격에 흔들린 마네는 자신감을 완전히 상실하고, 의혹을 품은 채 보들레르를 믿어보지만, 그러나 그의 답장은 적어도 표면적으로는 고무적이지 않았다.

그렇다면 제가 당신에게 또 당신 얘기를 해야 하는군요. 당신에게 당신의 가치를 입증해주기 위해 애를 써야 하고 말입니다. 당신의 그런 요구는 참 바보 같은 짓입니다. **사람들이 당신을 조롱한다**, 이런저런 **농담들**이 당신의 짜증을 돋운다, 당신을 정당하게 대우해주지 않는다, 등등. 당신이 그런 경우를 당한 최초의 인물이라고 생각하세요? 당신이 샤토브리앙Chateaubriand보다 바그너Wagner보다 재능이 더 많습니까? 그들도 많은 조롱을 받았습니다. 하지만 그들은 그것 때문에 죽지 않았습니다. 그리고 당신이 너무 오만해지지 않도록 한 말씀 더 드리자면, 그 사람들은 각자 자신의 장르에서, 매우 풍요로운 세계에서, 모델 같은 사람들입니다. 당신은 **단지 당신의 몰락하는 예술에서 최초일 뿐이고 말입니다.** (C, II, 496~497)

보들레르가 무슨 말을 하고 싶었던 건지는 여전히 잘 알 수 없다. 일련의 수사학적 질문을 통해 어르고 뺨치기를 반복하는 듯하기 때문이다. 어쩌면 마네가 오만을 떠는 건지도 모른다. 사실 강단 비평의 공격을 받아야 했던 일이 그가 처음은 아니다. 샤토브리앙과 바그너도 그런 일을 당했고, 그 사람들이 그보다 뛰어났다는 점을 그는 인정해야 한다. 한데, 그들 시대에는 예술의 상태가 오늘날보다 더 건강했다. 마네, 그는 "단지 [그의] 몰락하는 예술에서 최초일 뿐이다." 이 문구가 자신을 둘러싼 논란에 낙심한 마네를 기쁘게 해주지는 않았을 것이다.

보들레르는 샤토브리앙과 바그너가 자신들의 재능을 발휘했던 세계, 사람들이 그들을 조롱했던 그 "매우 풍요로운 세계"와 마네가 발버둥을 치는, 몰락해가는 초라한 세계를 구분한다. 그의 주장은 이렇게 이해될 수 있다. 당신은 오늘의 회화라는, 몰락해가는, 타락한 예술에서 최초(모델이 아니라)일 뿐이라는 것이다. 보들레르는 마네에게 겸손을 권하는바, 이는 그 자신에게도 적용할 수 있는 자기희생의 교훈이다. **몰락**은 시인의 언어에서는 **진보, 현대**의 동의어다. 그는 1855년 만국박람회 때, 진보 추종자들의 "헛소리하는 몰락의 잠"(II, 580)을 고발한 바 있다. 〈에드거 포에 관한 새로운 주석들〉에서는 진보를 "몰락의 거대한 이단"(II, 324)이라고 명명한다. 요컨대, 당신은 혹평을 받은 첫 번째 예술가가 아니다, 당신 이전에도, 예술이 위대했던 시기의 다른 이들도 혹평을 받았다, 당신은 진보에 대한 신념, 즉 몰락이 예술의 특징이 되어버린 상태에서 혹평받는 최초의 예술가라는 얘기다.

보들레르는 마네를 무척 좋아하지만, 비평가들의 모욕에 몹시 마음 상해하는 그를 보면서 그의 성격이 나약한 게 아닌지 의심한다. 그는 샹플뢰리Champfleury에게 보낸 편지에서, "마네의 재능은 대단하며, 그 재능은 오래 갈 것입니다. 한데 성격이 좀 나약합니다. 충격을 받으면 몹시 마음 상해하고 얼이 빠진 사람처럼 보입니다"(C, II, 502)라고 쓴다. 마네에겐 들라크루아 같은 기질이 없으며, 보들레르는 그의 천재성이 아니라 재능을 칭찬한다. 그는 다른 사람들에게 무관심한 싸움꾼처럼 처신하는 예술가들을 예찬하기 때문이다. 그가 미치광이 조각가 메리옹을 존경한다거나, 마네 대신 콩스탕탱 기스Constantin Guys를 "현대의 삶을 그리는 화가"로 우뚝 선 "군인 예술가"로 다루는 이유가 그것이다. 기스의 그런 특질은 후세 사람들도 기꺼이 인정하게 된다.

더구나 보들레르는 작품 〈올랭피아〉는 보지도 못한 채 동지애의 비꼬는 어조로 마네에게 말한 것이지만, 우리가 성인품에 올린 화가에 대한 그런 버릇없는 언사는 두고두고 사람들에게 충격을 주었다. "보들레르, 그는 이 영역에서는 제발 주둥이를 좀 다물어야 해. 쓸데없는 공허한 말만 한단 말이야." 반 고흐는 1888년에 친구인 화가 에밀 베르나르Émile Bernard에게 그렇게 썼다. "우리가 그림 얘기를 할 때는 우리를 가만 좀 내버려 두면 좋겠어."

17

웃음에 대하여

빙판이나 포석에서 넘어지거나, 보도 끝에서 비틀거리는 사람의 모습에 뭐 그리 재미난 게 있어서, 예수 그리스도 같은 그의 형제의 얼굴이 무질서하게 일그러지고 그 얼굴 근육들이 정오를 알리는 시계처럼, 혹은 용수철이 든 장난감처럼 돌연 요동치는가? 그 불쌍한 작자는 최소한 얼굴을 상하거나 어쩌면 팔다리가 하나 부러졌을지도 모른다. 하지만 웃음은 어쩔 수 없이, 돌발적으로 터진다. 이 상황의 속내를 파보면 웃는 자의 생각 깊은 곳에서 어떤 무의식적 자부심을 찾아내게 될 게 분명하다. 그것이 출발점이다. **나는 말이야**, 나는 넘어지지 않아. **나는 말이야**, 나는 똑바로 걸어. **나는 말이야**, 내 발은 굳건하고 확실해. **나는 말이야**, 보도가 끝난 걸 보지 못하거나 길을 가로막는 포석을 보지 못하는 그런 바보 같은 짓을 범하지 않아. (II, 530~531)

보들레르는 〈웃음의 본질에 대하여〉에서, 자신이 직접 본 광경, 웬 사내가 대로에서 나동그라지는 광경을 묘사하는 것 같다. 〈후광의 분실〉에서 시인이 매커덤 포장도로 위에서 비틀거리다 자신의 관을 떨어트리는 것처럼 말이다. 그 사람이 길에 나동그라지는 광경에 동료들은 자동인형처럼 웃음을 터뜨린다. 여기서 보들레르는 웃음은 나쁜 것, 악마적인 것, 원죄의 징표라는 결론을 끌어낸다. 그는 보쉬에의 글에서 읽은 경구, "현자는 벌벌 떨면서만 웃는다"를 상기시킨다. 보들레르의 친구 귀스타브 르 바바쇠르Gustave Le Vavasseur는 "예수는 웃은 적이 없다"고 맞장구쳤다. 웃는 자들은 미친 자들이다. 자신의 허약함을 의식하지 못하고, 자신이 위인인 줄 알기 때문이다. 보들레르는 웃음 이론을 구상하는데, 그에 따르면 웃음은 "과거의 추락 경험, 신체적으로나 도덕적으로 손상을 입은 과거 사건과 내밀한 연관이 있다"(II, 527~528). 낙원에서 사람들은 울지도 않지만 웃지도 않는다. 웃음은 인간의 비참과 그 비참에 대한 그의 무지, 즉 그의 오만을 전시한다. "웃음은 자기 자신이 우월하다는 관념에서 온다.

참으로 악마적인 관념이다"(II, 530).

보들레르는 베르나르댕 드 생 피에르Bernardin de Saint-Pierre의 소설《폴과 비르지니》에 등장하는 아가씨 비르지니를 상상해본다. 그녀는 자신이 살던 섬, 즉 보들레르가 1842년에 가본 적 있는 그 모리스 섬을 떠나 배로 파리에 도착한다. 길을 가다가 팔레 루아얄의 어느 가게 진열창에 걸려 있는 풍자화를 발견한다. 순수한, 전혀 때가 묻지 않은 그녀는 그것을 보고도 웃지 않는다. 풍자화는 짓궂은 악의가 필요조건인데, 그녀는 그것을 전혀 이해하지 못하기 때문이다. 하지만 그녀가 파리에 조금만 더 머물러 천진함을 잃게 되면 "웃음이 그녀에게 찾아올 것이다."(언젠가 내가 루아시 공항에서 짐가방과 함께 미끄러져 큰대자로 나동그라졌을 때, 웬 아가씨가 내 쪽으로 몸을 숙이며 "다치지 않았어요?"라고 말했다. 나는 그녀가 인도양에서 왔으며 한 며칠 파리에서 지내다 보면 세상 물정을 알게 되리라고 생각했다.)

동물들도 웃지 않는다. 파스칼의 사고법과 아주 유사한 방식으로, 보들레르는 웃음을 인간의 비참함과 위대함을 동시에 나타내는 징표로 만든다. 신에 비하

보들레르와 함께하는 여름

면 비참하나 동물에 비하면 위대한 게 인간이다. 웃음은 천사 같기도 하고 악마 같기도 하다. 인간이 존재하지 않는다면 이 세상에 코믹은 존재하지 않을 것이다. 칸트에 의하면, 미와 마찬가지로 코믹도 웃음의 대상이 아니라 웃는 자의 눈 속에 있다.

보들레르는 또 크게 두 종류의 코믹, 즉 두 가지 웃음을 구분한다. 먼저 그가 **의미심장한 코믹**이라고 부르는 것, 사람들이 풍자화 앞에서 터뜨리는 웃음, 일상적인 코믹이 있다. 보들레르의 젊은 시절인 7월 왕정 때는 가바르니나 도미에 같은 화가가 있어 풍자화의 전성기였다. 풍자화는 언제나 호의적이다. 그것은 관객의 비위를 맞추며, 그를 공모자로 만든다. 그것은 보들레르가 좋아하지 않는 프랑스적 정신의 전형, 볼테르 콩트들의 코믹이요, 풍자 신문과 군소 신문들, 오늘날의 〈카나르 앙셰네〉 같은 신문의 코믹이다. 그것은 또한 보들레르가 약간 의문시하는 몰리에르 희곡의 코믹이기도 하고, 나아가서는 웃음이 유용하고 "교훈적 우화의 투명성"을 지녀 교설教說에 쓰이는 라블레Rabelais의 코믹이기도 하다.

절대적 코믹이라고 이름 붙인 다른 코믹은 천진하다. 자신을 조소 대상에 포함하기 때문이다. 보들레르는 프랑스에서는 그것을 발견하지 못하고 독일·이탈리아·영국에서 발견한다. 그의 생각에 그로테스크, 팬터마임, **코메디아 델라르테**commedia dell'arte[11] 같은 것이 그런 것이다. 도미에는 너무 단순해서 그런 것에 이르지 못하나, 고야Goya는 환상적인 판화 작품들에서 그런 것을 표현해낸다. 이 코믹은 보들레르가 예견했던 영화의 코믹, 버스터 키튼이나 채플린의 코믹이다.

퓌낭빌 극장[12]에서는 무대에서 넘어진 배우가 제일 먼저 웃는다. 누구에게도 해를 끼치지 않는, 진정한, 숭고한 웃음이다. 절대적 코믹은 그런 코미디언들이나, 혹은 자신의 지혜로움 덕에 자신을 둘로 나눌 수 있는, "자신인 동시에 타인일 수 있는 힘"(II, 543)을 가진 뛰어난 풍자화가들의 코믹이다. 그들은 자신의 비참함을 의식하기에 자신을 조소 대상에서 배제하지 않는다.

---

11 16세기 이탈리아에서 생겨난 즉흥 희극.(—옮긴이)
12 파리의 옛 공연장으로 "범죄의 대로"라는 별명을 지닌 불르바르 뒤 탕플(지금의 레퓌블리크 광장)에 있었으나 제2제정의 파리 재건공사 때인 1862년에 파괴되었다.(—옮긴이)

보들레르와 함께하는 여름

한 남자가 거리에서 넘어진다. 그는 몸을 일으켜 한바탕 크게 웃고 다시 떠난다. 그는 〈후광의 분실〉의 시인 같은 현자요 풍자가다.

18

현대성

이 페이지는 친숙하다. 이는 보들레르가 《현대의 삶을 그리는 화가》에서, 콩스탕탱 기스에 관해 쓴 "현대성"에 대한 정의다.

그는 **현대성**이라고 부를 수 있을 뭔가를 추구한다. 사실, 해당 관념을 표현하는 데 이보다 더 좋은 말은 떠오르지 않는다. 그에게 관건은 역사의 흐름 속에서 유행이 담아내는 시적인 그 무엇을 유행으로부터 끌어내는 것이다. 현대성, 그것은 일시적인 것, 순간적인 것, 우연적인 것으로서 예술의 절반을 차지하며, 나머지 절반은 영원한 것, 변하지 않는 것이다. (…) 한 마디로, 모든 **현대성**이 고대성이 될 가치를 지니려면, 인간의 삶이 거기에 무의식적으로 집어넣은 신비한 아름다움을 추출해야 한다. (II, 694~695)

현대성이라는 말은 보들레르가 등장하기 전부터, 발자크Balzac나 샤토브리앙의 작품에 있었다. 독일어로는 경멸적인 의미로 쓰였고, 영어로는 긍정적인 의미로 쓰였다. 하지만 그 말에 중요성을 부여한 사람, 호오好惡를 불문하고, 그 말을 우리에게 물려준 사람은 보들레르다.

사실 보들레르가 말하는 "현대성"은 파악하기 어렵고, 복잡하고, 꼬여 있고, 참 애매하다! 사람들은 이따금 그의 비논리성을 지적하곤 했는데, 양차 세계 대전 기간에 활동했던 존경받는 독일 사상가 발터 벤야민Walter Benjamin은 그것을 거리낌 없이 청산해버리기도 했다. "우리는 이것을 깊이 있는 분석이라고 말할 수 없다." 그는 그렇게 판단했다. "현대 예술론은 현대성에 대한 보들레르의 개념에서 가장 취약한 부분이다."

보들레르는 현대성을 항상 변하는 유행과 연결 짓는다. 요는 유행에서 현대성을 빼내는 것으로, 이는 마치 일시적이고, 달아나고, 과도적인 것에서 뭔가 지속될 가치가 있는 것, 고대성, 즉 영원성을 누릴 자격이 있는 뭔가를 추출하는 것과 같다고 할 수 있을 것이다. 유행은

흘러가고 계절마다 갱신되지만, 우리에게 남는 것, 세속화된 사회 속의 위대하고 시적이고 영웅적인 것을 간파하고, 그것을 표현하고, 그것을 불멸로 만드는 것은 예술가의 몫이다. 보들레르는 이미 〈1845년 미술전〉에서, 예술은 "현재의 삶에서 서사적인 측면을 추출"해야 한다고 말한 바 있는데(II, 407), 이는 언제나 변함없는 그의 일관된 생각이다. 현대 예술가는 신고전파나 관학파처럼 자기 시대를 등질 게 아니라 거기에 관심을 기울여야 한다. 스탕달은 낭만주의를 그런 것으로 규정했다. 대혁명 이후 세계가 너무나 많이 변해서 대중에게 더는 같은 작품들을 제공할 수 없었다고 말이다. 요컨대 현대성이란 유행에서 뽑아낸, 지속할 가치가 있는 것이라고 할 수 있을 것이다.

한데, 보들레르는 뒤이어 그것을 다르게 말한다. 미의 분리할 수 없는 다른 일면인 것처럼 말이다. 즉, 모든 미는 이중적이며, 지금 현대성은 미의 영원하고 불변하는 요소와 대립하는, 미의 과도적이고 순간적인, 혹은 우발적인 요소와 동일시된다고 그는 말한다. 그렇다면 현대성은 이쪽과 저쪽을 오락가락하면서, 현재

속의 불멸하는 것과 멸하는 것 둘 다를 가리키게 될 것이다. 한데 보들레르가 번복하는 건 그 첫 번째 의미로서, 이 때문에 얘기가 더욱더 복잡해진다. 지속하는 것이 유행에서 추출된다면, 모든 유행이 그 자체로 귀한 것이 되기 때문이다.

요는 현대가 불러일으키는 세계에 대한 환멸의 바탕 위에서, 미학적 현대성으로 이 시대의 신화를 만들어내는 것, 신화로써 삶을 시화하는 것, 예술과 회화와 시로 유행을 벌충하는 것이다.

물론 현대 세계의 요람기에 있었던 시인에게 과도한 엄밀함을 요구하는 것은 옳지 않은 일일 것이다. 더구나, 비록 명사화한 많은 형용사가 철학적 양식을 나타내기는 하지만 보들레르는 논리학자는 아니었다. 그의 생각 하나를 상기해보자. "최근에 언급된 권리 중에 사람들이 잊어버린 권리가 하나 있다. 그 권리의 표명에는 **모든 사람**이 관계되어 있는바,—그것은 바로 스스로 모순되는 말을 할 권리다"(I, 709).

하지만 결론은 확실하다. 자신의 현대성으로 보들레르는 그가 미국화한 세계라고 말하는, 산업적이고 물질주의적인 현대 세계에 저항한다. 생산하는 즉시 쓰레기로 만드는, 모든 사물을 끊임없이 새것으로 바꾸고자 하는 그런 갱신 성향에 저항한다.

한데 이 불가피한 변화는 예술 작품에도 영향을 미쳐, 작품을 유행 품목으로, 상품으로 변화시킨다. 보들레르는 예술의 가속화와 상품으로의 변질을 지켜본 최초의 관찰자들 가운데 한 사람으로, 내일이 오늘을 없애는 시간의 그 미친 뜀박질에 맞서, 미의 항구성을 보존하고자 한다. 보들레르의 현대성, 그것은 모든 것이 덧없는 것이 되는 현대 세계에 대한 저항이요, 지속하는 뭔가를 보존하고 물려주려는 의지다.

보들레르와 함께하는 여름

19

아름다운, 괴상한, 슬픈

보들레르는 미美에 대한 많은 정의를 남겼는데, 그 정의들이 혼란스러운 경우가 많다. 그는 미가 '고대성'에 걸맞고 전통을 유지하길 바라지만, 1855년의 만국박람회에 대한 고찰에서는 미의 다양성에 대해서도 민감한 모습을 보인다. 그 자리에 모인 전 세계의 각종 미, "생의 무한 나선 속에서 움직이는 다형多形 다색多色의 미"를 거론하며, 그는 다음과 같은 기억할 만한 가르침을 끌어낸다.

미는 언제나 괴상하다. 고의로, 쌀쌀맞게 괴상하다는 뜻이 아니다. 그런 경우라면, 그것은 생의 레일에서 벗어난 괴물일 것이다. 내 말은 그것이 언제나 약간의 전진한, 본의 아닌, 무의식적인 괴상함을 지닌다는 것으로, 바로 그 괴상함이 미를 특별히 '미'일 수 있게 한다는 말이다. 그것이 미의 적籍이요,

미의 특징이다. 이 주장을 뒤엎어버리고, 어떤 **평범한 미**를
한 번 상상해보시라! (II, 578)

보들레르는 자신이 평범함과 동일시하는 고전적이
고 규범적이며 유일하고 보편적인 미에, 어떤 불규칙
성 혹은 불협화의 필요성을 대립시킨다. 그런 것이 없
다면 진정한 미도 없을 거라고 말이다. 보들레르는 에
드거 포의 작품을 번역할 때 이 생각을 찾아냈는데, 포
자신도 프랜시스 베이컨Francis Bacon을 인용했다. "어
느 정도의 **기이함**을 내포하지 않는다면 (⋯) 세련된 미
는 없다." 어떤 정서가 아니라 천진함의 산물이요, 지
성이 아니라 상상력의 산물인 이 기이함strangeness 혹
은 이 독특함, 그것은 《악의 꽃》의 당혹스러운 이미지
들의 기이함이기도 하다.

낮고 무거운 하늘이 뚜껑처럼 내리누르고

(⋯)

─그리고 북도 음악도 없이, 길고 긴 영구차들이,

내 넋 속에서 천천히 줄지어 간다; '희망'은

패하여 눈물짓고, 포악한 '고뇌'는

숙인 내 머리통에 검은 깃발을 꽂는다.

냄비 위의 뚜껑 같은 하늘, 머릿속의 영구차들, 머리통에 꽂힌 깃발, 이런 이미지들은 네 번째 〈우울〉처럼 고양된 시에서는 괴상하고 사실주의적이고 저열한 이미지들이다. 그래서 어떤 비평가들은 이를 두통에 대한 묘사라고 생각했다. 어떤 불균형이 없으면 아름다움도 없다. 이 불균형은 〈일곱 늙은이〉의 마지막 두 행에서처럼 형태적 불균형일 수도 있다.

그리하여 내 넋은 춤추고 또 춤추었다, 돛도 없는

낡은 거룻배처럼, 괴물 같은 끝없는 바다 위에서!

하지만 주의하자! 미가 늘 괴상하다고 해서 그 역도 참이라고, 괴상한 것은 늘 아름답다고 생각하지는 말자. 보들레르는 〈1859년 미술전〉에서 이 결함, 이 현대적 유혹에 대해 단단히 경고한다. "놀라게 하거나 놀라고 싶은 욕망은 정당하다. It is a happiness to wonder,

'그것은 놀람의 행복이다'"라고 그는 다시 한번 에드거 포를 인용하여 상기시키지만, 곧바로 조건을 단다.

> 만약 귀하가 내게 예술가나 미술애호가 자격을 부여해주길 요구한다면, 모든 문제는 귀하가 어떤 방식으로 놀람을 창조하는지 혹은 느끼는지를 아는 데 있다. 미가 **언제나** 놀라운 것이라고 해서, 놀라운 것이 **언제나** 미일 거라고 가정하는 건 터무니없는 일일 것이다. (II, 616)

보들레르는 인위적인 괴상함, "저열한 술책들"로 깜짝 놀라게 해주길 요구하는 현대 대중에 반대한다. 그는 화가들이 단골손님들을 싼값에 놀라게 해주기 위해 〈1859년 미술전〉에 전시한 그림들에 붙인 제목들, '사랑과 지블로트'라거나 '세 놓은 아파트' 같은 웃기고 너저분한 제목들을 고발한다. 수요와 공급의 법칙에 대한 굴복은 예술을 타락시킨다. "예술가가 대중을 바보로 만들면, 대중은 그것을 그에게 고스란히 되돌려주기 때문이다"(II, 615).

《벌거벗은 내 마음》에서 분명히 밝히고 있듯이, 보

보들레르와 함께하는 여름

들레르가 미에 요구하는 그 괴상함은 사실 그가 슬픔이나 멜랑콜리, 고통과 동일시하는 것이다.

> 나는 '미'—내가 느끼는 '미'의 정의를 알아냈다. 그것은 열렬하면서도 슬픈 무엇, 어딘가 막연하면서도 추측의 여지를 남기는 무엇이다. (…) 매혹적이며 아름다운 두상, 여인의 두상은 말하자면 관능과 슬픔을 동시에—혼란스러운 방식으로—꿈꾸게 한다. 멜랑콜리, 권태는 물론 포만飽滿의 관념까지 내포하거나,—아니면 정반대되는 관념, 즉 마치 상실이나 절망에서 기인하는 듯한 치미는 쓰라린 감정과 결부된 어떤 열의, 삶에 대한 욕망을 내포하는 두상 말이다. 신비, 회한 등도 '미'의 특징이다. (I, 657)

괴상함은 언제나 아름답지는 않지만, 미는 언제나 슬프다.

20

1848년

1848년 이전에 방랑 예술인들과 자주 어울리며 〈르 코르세르-사탄〉 같은 작은 신문들에 기고하던 보들레르는 아방가르드 집단의 낭만적이고 사회주의적인 생각들을 공유했다. 샤를 푸리에Charles Fourier와 유토피아적 사회주의의 영향을 받은 그의 사상, 이 세계의 단일성과 조화, 아날로지와 상응의 사상은 인민의 참상 앞에서의 분노와 연결된다.

우리는 그 이상주의적인 철학적 주장들을 〈상응〉 같은 《악의 꽃》의 몇몇 옛 시들에서, 적어도 이 소네트의 몇몇 시구에서 재발견한다. 예를 들면 그 시의 두 번째 4행 절이 그렇다.

밤처럼 빛처럼 광대하고,

어둡고 깊은 통합 속에서,

저 멀리서 어우러지는 긴 메아리들처럼

향기와 색채와 소리 서로 화답한다.

반면, 포도주의 영혼과 포도주에 관한 다른 시들에서는 노동자들의 휴식을 생각하는 마음이 도드라진다.

"그대 들리는가, 주일의 노래 울려 퍼지고

설레는 가슴 속에 지저귀는 희망의 노랫소리가?

탁자 위에 팔꿈치 괴고 소매 걷어 올리고,

그대는 나를 찬미하며 흐뭇해하리."

보들레르는 동료들과 함께 1848년의 혁명에 가담했다. 2월 24일, 그는 파리의 거리에서 전개된 무장 활동에 참여하여, 공화국을 위해서라기보다는 반항과 파괴 본능에 따라 싸웠다. 적어도 그가 나중에 《벌거벗은 내 마음》에서 주장하는 바에 의하면 그렇다.

1848년의 나의 도취.

그 도취의 본성은 어떠했는가?

복수 취미. 파괴의 **자연적** 즐거움.

문학적 도취; 독서의 추억.

5월 15일. ─역시 파괴 취미다. 자연적인 모든 것이 정당하다고 한다면 정당한 취미다.

6월의 공포. 대중의 광기와 부르주아 계급의 광기. 죄에 대한 자연적 사랑. (I, 679)

1851년 이후에는 반동적인 수사에 매료되어 반反혁명 이론가 조제프 드 메스트르의 독자가 된 보들레르는 뒤늦게 자신의 그 젊은 시절 열광을 비난하면서, 그것을 자연, 즉 원죄 때문에 부패한 인간의 악의와 독서 탓으로 돌린다. 그가 암시하는 책은 무정부주의 사회주의자 프루동의 《재산이란 무엇인가?》나 《빈곤의 철학》 같은 혁명의 과격함과 계급투쟁에 관한 저작들이다. 보들레르는 그를 1848년에 자주 만났는데, 훗날 산문시 〈가난뱅이들을 때려눕히자!〉에서 어느 걸인에게 주는 폭력적 교훈을 통해 젊은 시절의 그 인류애적인 독서를 부인하게 된다.

그는 (남성) 보통선거의 시행으로 1848년에 선출된

제헌의회에서 온건파가 과반이 되자 임시 정부에 반대하는 5월의 민중 시위에 참여했는데, 당시 정부는 가까스로 전복을 면했다. 6월 항쟁 때도 그는 나중에 그의 친구인 르 바바쇠르Le Vavasseur가 묘사하듯이, "신경이 곤두서고 흥분한, 들뜨고 동요된" 모습으로 항쟁에 참여했다. 그는 순교자가 되고자 했다. "그날 그는 용감했고, 어쩌면 죽었을 수도 있었을 것이다." 그 후에도 곧바로 환경에 순응한 것이 아니라, 계속 블랑키스트 언론에 글을 발표했고, 〈민중의 구원〉, 〈국민 논단〉 같은 사회주의 유인물들과 협력했으며, 가을에는 잠시 〈앵드르의 대표자〉의 주필을 맡기도 했다.

혁명에 대한 그의 격정과 민중에 대한 믿음을 차갑게 식힌 것은 1848년 12월의 대통령 선거, 루이 나폴레옹 보나파르트의 권력 장악, 1849년 5월의 국회의원 선거 등이었다. 나중에 그가 《벌거벗은 내 마음》에서, 조제프 드 메스트르의 방식을 모방하여 다음과 같이 술회한 것은 1851년 12월 2일의 쿠데타에 대한 그의 반응이었다.

쿠데타에 대한 나의 분노. 나는 얼마나 많은 소총 사격을 당했는가. 그런데 또 다른 보나파르트라니! 이 무슨 수치인가! 하지만 모든 것이 진정되었다. 대통령에게는 신의 가호를 빌 권리가 없단 말인가!

황제 나폴레옹 3세란 무엇인가. 그는 어떤 가치를 갖는가. 그의 본성, 그리고 그의 섭리성에 대한 설명을 찾아볼 것. (I, 679)

프랑스는 '신'의 벌처럼 나폴레옹 3세의 지배를 받을 만한 그런 나라였다. 그래서 보들레르는 제정帝政 때는 더는 정치에 신경 쓰지 않았다. 하지만 1859년 5월에는 친구인 나다르에게 보낸 편지에 이렇게 썼다. "이제 더는 정치나 심각한 문제에 흥미가 없다고 수도 없이 다짐했지만, 다시 또 호기심과 열정에 사로잡혔네"(C, I, 578). 이는 이탈리아 분쟁 때, 나폴레옹 3세가 오스트리아에 맞서 카부르를 지원하여 최초의 승리를 거두었을 때의 일이다. "이제 황제는 죄를 씻었네. 두고 보게, 사람들은 12월에 자행된 끔찍한 일들을 잊을 거야"(C, II, 579). 이탈리아의 자유를 옹호한 나폴레옹 3

세는 이로써 명예를 회복하고 쿠데타에 대한 사람들의 기억을 흐려 놓았는데, 그들 중에는 분명 보들레르도 포함된다.

하지만 보들레르에 대한 일반적 시각은, 발터 벤야민이 그렇게 보았듯이, 그가 제정기에 혁명 모의자로 활동했다는 것이다. "은밀한 주동자—자기 계급의 주도권과 관련하여 계급의 은밀한 불만을 선동하는 주동자" 말이다. 보들레르는 부르주아 계급에 적대적인 태도로 일관했지만, 그러나 그것은 더는 사회주의에 매료되어서가 아니었다. 조제프 드 메스트르의 사상을 접한 이후에는 좌파 무정부주의자에서, 오늘날 우리가 우파 무정부주의자라 부를 수 있는 그런 존재가 되었다.

21

사회주의자

바람이 불꽃 몰아치고 유리를 뒤흔드는
가로등의 붉은 불빛 아래에서
부글부글 괴어오르는 술처럼 인간들이 우글거리는
진창의 미로, 옛 성문 밖 거리 한복판에,

종종 보이네, 고개 끄덕이며 비틀거리다가,
시인처럼 담벼락에 부딪히며 걸어오는 넝마주이,
비밀경찰 따위는 제 부하인 듯 개의치 않고,
위대한 계획 품은 제 속을 모두 털어놓네.

선서도 하고 숭고한 법 조항도 공포하고,
악한 자들은 쓰러뜨리고, 희생자는 일으키고,
옥좌 위에 드리운 천개天蓋 같은 하늘 아래에서
제 덕행의 찬란함에 도취하네.

이 시는 1848년 이전에 � 《악의 꽃》의 옛 시들 가운데 한 편으로, 사회적이고 인도주의적 관심사들이 도드라지는 〈넝마주이들의 포도주〉라는 작품이다. 오스만의 공사 전, 옛 성문 밖 거리는 아직 가스 조명에 정복되지 않았고, 가로등의 붉은 불꽃은 아래 시 〈저녁의 박명〉에서 보듯 바람에 흔들린다.

바람이 뒤흔드는 어스름 빛 너머로
'매음'은 거리거리에 불을 밝히네;
개미집처럼 나갈 구멍들을 벌리네.

쓰레기를 그러모으려 지게를 지고 갈고리를 든 넝마주이는 옛 파리와 오스만의 파괴 작업이 예정된 서민촌 '탕플' 성문 밖 거리의 전설적인 인물이다. 그는 루이 세바스티앙 메르시에Louis-Sébastien Mercier의 《파리풍경》이나 7월 왕정 때 유행했던 무수한 **생리학**[13]에 등장한다. 풍자 화가들의 작품에서도 그를 마주치게 되는

---

13 19세기 중엽에 특정 계층의 생태를 묘사, 분석하려 한 책들의 제목이다.(—옮긴이)

데―당시는 풍자화가들의 전성기였다―예를 들면 작품 〈소란〉을 위해 도미에가 그린 판화들에도 등장한다 (보들레르는 이 시의 육필 원고 하나를 도미에에게 주기도 했다).

포도주는 해시시와 더불어, 보들레르가 《인공 낙원》에서 그 효과를 예찬하는 마약류에 속한다. 집시 젊은 이들은 주류酒類 상점에서 파리 서민층과 친해진다. 입시세入市税는 파리 카바레의 술값을 올려놓는다. 말하자면 사람들은 마시고 꿈을 꾸기 위해 바리케이드 건너편으로 넘어가는 것이다. 사회주의자들과 박애주의자들은 음주를 비난하지만, 포도주는 반항의 용기를 준다.

불안정한 삶을 근근이 이어가는 서민의 화신 넝마주이는 술에 기대 자신의 운명을 잊고 상상을 통해 병사의 영웅적 삶을 산다. 그는 자신을 보나파르트로 여긴다.

깃발들이며 꽃들이며 개선문들이

그들 앞에 솟아오르네, 장엄한 마술이여!
그리하여 나팔과 태양, 함성과 북소리로

떠들썩하고 휘황한 연회 속에서,

그것들이 사랑에 취한 민중에게 영광을 가져다주네!

이렇듯 술은 하찮은 '인류'를 통하여

눈부신 팍트로스 강, 황금의 강이 되어 흐르네;

술은 인간의 목구멍을 통해 제 공훈을 노래하고

여러 혜택 베풀며 진짜 임금처럼 군림하네.

말없이 죽어가는 저 저주받은 늙은이들의

원한을 풀어주고 무위를 달래주기 위해,

하느님은 뉘우침에 사로잡혀 잠을 만들었는데;

이에 '인간'은 '태양'의 거룩한 아들, '술'을 덧붙였다네!

괴로운 세계, 술 없는 세계의 창조를 신의 탓으로 돌리는 마지막 시구의 이 반항의 외침에는 신성모독이 없지 않다. 이를 보들레르는 《인공 낙원》에서는 이렇게 적는다. "지구에는 잠이 고통을 충분히 잠재우지 못하는 무명의 무수한 군중이 있다. 술이 그들을 위해 노래와 시를 짓는다"(I, 382). 시인이 음주벽을 비난할 용기를 내지 못하는 이유다.

넝마주이가 시인의 모습이라는 사실도 덧붙이자. 시인은 예컨대 또 한 편의 옛 시 〈태양〉에서처럼, 꿈에서나 반항에서나 자신을 넝마주이와 동일시한다. 그가 있는 곳도 "옛 성문 밖 거리"다. 시인이 제 기량을 발휘하는 건 그런 곳에서이기 때문이다.

거리 구석구석에서 각운의 우연들을 냄새 맡으며,

포석들 위에서처럼 말들 위에서 비틀거리며,

이따금 오래전부터 꿈꿔온 시구들에 부딪히며.

현대의 시인, 환멸을 느낀 도시의 시인도 어찌 보면 넝마주이 같은 존재다.

22

댄디

보들레르는 괴짜였다. 언제나 이런저런 전설이 그의 명성을 둘러쌌다. 젊은 보헤미안 시절의 친구들이 그에 관한 추억을 책으로 펴냈을 때, 그들은 하나같이 그의 노골적인 언사와 대담한 멋 부리기와 끊임없는 도발을 강조했다. 보들레르는 남의 시선을 끌었다. 훗날 샹플뢰리가 초록색으로 물들인 그의 머리카락을 추억하며 말하듯이, 그에게는 "특징적인 괴상함"이 있었다.

나중에 보들레르는 자신의 그런 특이함을 **댄디즘**이라는 명칭을 통해 생각해보게 된다. 1845년에 출간된 바르베 도레빌리Barbey d'Aurevilly의 책《댄디즘과 G. 브뤼멜에 대하여》라는 책에서 끌어온 비유였다. 보들레르는 〈1846년 미술전〉을 쓸 때부터 댄디즘을 "현대적인 것"으로 규정하고는 우아한 생활을 그리는 두 데생 화가 외젠 라미Eugène Lami와 가바르니를 "댄디즘의 시인들"로 다룬다.

댄디는 누구인가? 댄디는 '대로'의 테라스들을 전전하고 튈르리 공원에서 빈둥거리는, 한가롭고 자존심 세고 팔팔하고 버릇없는 젊은이다. 그는 재치 있는 화술가다. 보들레르는《벌거벗은 내 마음》에서 자기 생각을 다음 몇 마디로 요약한다.

댄디즘.

우월한 인간이란 무엇인가?

그는 전문가는 아니다.

그는 여가를 즐기며 교양 교육을 받은 인물이다. (I, 689)

댄디는 민주주의에 대한 반동의 산물로, 앙시앙 레짐[구체제]의 궁정인, 즉 신사의 마지막 계승자다. 그는 현대의 실용주의를 끔찍이도 싫어하는 딜레탕트다. 보들레르는 어느 자전적 단장에서, "유용한 인간이 된다는 것이 언제나 내겐 끔찍한 뭔가로 여겨졌다"라고 토로한 바 있다(I, 679).

그는 댄디즘을 특히《현대의 삶을 그리는 화가》에서

가장 길게 소개했는데, 무규율 속의 엄격한 규율 같은 것이 댄디즘이다.

> 법제도 바깥의 제도인 댄디즘에는 휘하의 신민들 성격이 아무리 격렬하고 독립적일지라도 그들 전부가 철저하게 따르는 엄격한 법이 있다. (II, 709)

댄디는 돈 생각을 하지 않고 자신의 모든 시간을 사랑과 치장에 바칠 수 있어야 하지만, 돈도 치장도 사랑도 그의 본질적인 속성은 아니다(보들레르는 20년간 쌓인 빚 때문에 언제나 돈이 없었다). 재산·치장·사랑은 다만 "그의 정신의 귀족적 우월성의 상징", 댄디를 식별하는 기호 같은 것일 뿐이다. 그의 우아함의 특징이 "절대적 소박함"에 있는 이유다(보들레르는 자신의 옷차림에 신경을 썼지만 언제나 같은 차림이었다).

대중 시대 여명기의 댄디들은 소모임을 이루어 사회의 상위 가치, 즉 정신의 정화精華를 수호하는 과격 개인주의자들이다.

그렇다면 교리가 되어 위압적인 신봉자들을 양산해낸 그 열정은 대체 무엇인가? 그렇게 도도한 배타적 집단을 만들어냈으면서도 성문화되지 않은 그 제도는 무엇인가? 그것은 무엇보다도 스스로 독창성을 만들어내려는 강렬한 욕구, 관례의 표면적 허용치를 넘지 않게 억제해둔 욕구다. 그것은 일종의 자기 숭배로, 이는 타인에게서, 예를 들면 여인에게서 발견할 수 있는 행복의 추구보다 더 오래갈 수 있다. 그것은 남을 놀라게 하는 즐거움이자 자신은 절대 놀라지 않는다는 오만한 만족이다. 댄디는 매사에 무심한 사람일 수 있고, 고통을 겪는 사람일 수도 있다. 하지만 이 마지막 경우에도 그는 여우에게 물린 상태에서도 미소 짓는 스파르타 소년처럼 미소 지으리라. (II, 710)

댄디는 감정의 통제와 최고도의 침착함을 목표로 한다.

댄디라는 말은 어떤 특별한 성격의 진수를, 이 세상이 돌아가는 그 모든 이치에 대한 섬세한 이해를 포함하기 때문이다. 하지만 다른 관점에서 보면 댄디는 무심함을 열망한다. (…)

댄디는 무심하거나, 카스트 노선과 원칙에 따라 그런 척한다.
(II, 691)

무위無爲의 낙오자들로 이루어진 이 새로운 귀족 계급은 향수에 젖어, 밀려오는 민주주의의 물결과 대적한다.

댄디즘은 데카당스 시대의 영웅주의가 최후로 분출한 것이다. (…) 댄디즘은 지는 태양이다. 댄디즘은 쇠하는 별처럼, 찬란하나 열기가 없고 멜랑콜리로 가득하다. (II, 711~712)

차갑고, 단호하고, 괴팍한 댄디는 자연과 거리를 두기 위한 책략을 계발한다. "댄디는 숭고한 존재 방식을 갈망해야 한다. 그는 거울 앞에서 살고 거울 앞에서 잠을 자야 한다"(I, 678). 그리하여 "댄디의 반대"(I, 677)인 여성과 대립하는, 댄디의 또 다른 면모가《벌거벗은 내 마음》에서 모습을 드러낸다.

댄디는 영원한 이방인이다. 언제나 내부에 있는 동시에 외부에 있기 때문이다. 원주민이자 세계인이요,

세련된 도시인이자 무뢰한인 댄디는 산문시 〈이방인〉의 주인공처럼, 엿보는 자요, 내부의 적이요, 이유 없는 반항아다.

> 자기 집에서 벗어나 있기. 하지만 어디에 있든 자기 집처럼 느끼기. 세상을 바로 보기. 세상 한가운데에 있으면서 세상 속에 숨어 있기. 이런 것들이 독립적이고 열정적이며 편향되지 않은 정신의 소유자들이 맛보는 즐거움, 말로는 그저 어설프게 규정할 수밖에 없는 즐거움이다. (II, 692)

이처럼 댄디는 자신의 끊임없는 이중 유희가 낳는 매력들을 알고 그에 따른 불편도 아는 존재다.

23
여자들

아이야, 누이야,

거기 가서 함께 사는

그 즐거움을 꿈꾸어라!

느긋이 사랑하고,

사랑하고 죽는,

너를 닮은 그 나라에서!

거기 그 흐린 하늘의

젖은 태양은

눈물 너머로 빛나는

네 종잡을 수 없는 눈의

너무도 신비로운 매력으로

나의 영혼을 사로잡는단다.

거기서는 모든 것이 질서와 아름다움,

사치와 고요, 그리고 쾌락일 뿐.

〈머리타래〉나 〈여행에의 초대〉 같은 시들을 읽어보라. 여자와 사랑에 대해 보들레르만큼 잘 말했던 시인은 없다. 《악의 꽃》에서 흔히 우리는 그가 잔 뒤발, 마담 사바티에Mme Sabatier, 마리 도브룅Marie Daubrun 같은 사랑하는 여인들에게 바친 연작을 눈여겨보곤 한다. 하지만 보들레르는 여자들에 대한 끔찍한 생각들을 내뱉었으며, 숨길 수도 없는 그 생각들 때문에 오늘날에는 여성 혐오자 취급을 받는다. 사실 《벌거벗은 내 마음》의 몇몇 단장들, 물론 그런 형태로 출간할 생각은 아니었던 게 사실이지만, 그것들은 실로 끔찍하며, 더 심한 것들도 있다.

언제나 나는 여자들을 교회에 가도록 내버려 두는 데 대해 놀라곤 했다. 여자들이 신과 어떤 대화를 나눌 수 있단 말인가? (I, 693)

여자는 육체에서 영혼을 분리할 줄 모른다. 여자는 동물처럼 단순하다. ─여자가 육체만 가졌기 때문이라고 말하는 풍자

보들레르와 함께하는 여름

가가 있을 수 있겠다. (I, 694)

여자는 댄디의 반대다.

그러므로 혐오감을 부르기 마련이다.

여자는 배고프면 먹고 싶어 한다. 목마르면 마시고 싶어 한다.

발정이 나면 교미하고 싶어 한다.

대단한 재능 아닌가!

여자는 자연 그대로다. 다시 말해서 역겹다.

그런 만큼 여자는 항상 저속하다. 다시 말해 댄디의 반대다.
(I, 677)

물론 이런 주장들은 장난 같고 유치한 선동 같다. 보들레르가 판단하기에, 여자는 남자보다 자연, 즉 악에 더 가까워 영성이 부족하다. 〈라 팡파를로〉에서, 보들레르의 분신 같은 존재 사뮈엘 크라메르Samuel Cramer는 "출산을 사랑의 죄악으로, 임신을 거미 병 같은 것으로 여겼다. 그는 어딘가에 이렇게 적었다. 천사들은 자웅동체이고 불임不姙이다"(I, 577). 화류계 여자는 아이를 낳지 않아 우월한 여성이 된다.

청년 보들레르는 《문학청년들에게 주는 충고》의 정

부情婦들에 관한 장에서, 그녀들을 다음과 같이 대상화했다.

> 진정한 문필가라면 누구나 이런저런 이유로 어느 순간 문학 자체를 싫어하게 되는데, 나는 그들―자유롭고 자존심 강하지만, 정신이 피곤해져 일곱 번째 날에는 반드시 쉬어야 하는 문인들―에게 단지 두 부류의 여성만 상대로 인정해주고 싶다. 즉 창녀 아니면 머저리, 다시 말해 육체적 사랑 아니면 포토프[14] 말이다. (II, 20)

이런 생각은 《불화살》의 다음과 같은 충격적인 경구 속에 완벽하게 요약되어 있다. "인텔리 여성을 사랑하는 것은 남색가의 쾌락이다"(I, 653). 나중에 쓴 《현대의 삶을 그리는 화가》의 여자와 창녀에 관한 장에서도 여전히 경멸적이다.

> 이리 말하면 철학적 쾌감이 무색하게 되겠지만, 대다수 남자

---

14 고기와 채소를 삶은 스튜.(―옮긴이)

에게 가장 생생하고 가장 오래가기까지 하는 쾌락의 원천인
존재, (…) 조제프 드 메스트르의 눈에, 애교로 정치라는 진지
한 놀이를 즐겁게 해주고 한결 수월하게 해주는 **아름다운 짐
승**으로 보였던 존재. (II, 713)

여자 코미디언의 경우는 오직 화장만이 그녀를 자연
에서 멀어지게 하여 시인의 환심을 살 수 있다.

이 같은 헛소리는 실로 천박하기 짝이 없다. 보들레
르를 변호하고자, 바르베 도레빌리·플로베르·공쿠르
형제 같은 동시대 다른 많은 이들의 글에서도 그런 끔
찍한 문장을 찾아낼 수 있을 거라는 점을 상기시켜보
았자 전혀 도움이 되지 않는다.

그중에서도 최악은 《벌거벗은 내 마음》에서 조르주
상드George Sand에 대해 하는 말이다.

조르주 상드는 부도덕성의 프뤼돔**[15]**이다. (…)

그녀는 부르주아가 귀히 여기는 그 잘난 **유려한 문체**를 지

---

15 1880년 앙리 모니에가 창작한 인물로, 위엄을 부리며 어리석고 옹졸한 말만
지껄여 만족감을 얻는 바보의 전형이다.(―옮긴이)

녔다.

그녀는 어리석고, 우둔하고, 수다스럽다. 그녀는 도덕적 사고 면에서 건물 관리인이나 첩妾 수준의 판단력과 감정의 섬세함을 지녔다. (…)

어떤 사내들이 이런 변소에 반할 수 있다는 사실은 이 세기의 남자들이 얼마나 낮아졌는지를 말해주는 증거다. (I, 686)

그 스스로 말하듯이 "우울한 사람" 보들레르는 그를 고통스럽게 한 여자들을 원망하고 그에 못지않게 남자들도 원망한다. 그는 여자들에 대해 많은 쓰라린 감정을 나타내며 증오를 표현하기까지 한다. 이쯤에서 얼른 그의 성격의 다른 측면, 여성의 이상화 쪽으로 넘어가도록 하자. 그의 시 〈발코니〉가 좋은 예다.

추억들의 어머니여, 애인 중의 애인이여,
오 그대, 내 모든 기쁨이여! 오 그대, 내 모든 의무여!
그대 회상해보오, 애무의 아름다움을,
난로의 다사로움과 저녁의 매혹을,
추억들의 어머니여, 애인 중의 애인이여!

24

가톨릭 신자

날마다 그의 사랑하는 '수천사들'을 향해 올라오는
저 저주의 물결을 '신'은 대체 어찌할 것인가?
고기와 술로 잔뜩 배를 채운 폭군처럼,
그는 우리 끔찍한 독신瀆神의 감미로운 소리 들으며 잠이 든다.

─아! 예수여, 저 '감람 동산'을 기억해보오!
순진하게도 당신은 두 무릎 꿇고 기도했다오
비열한 살인자들이 당신의 생살에 못 박는 소리
들으며 하늘에서 웃고 있던 자에게.

1857년에 있은 《악의 꽃》 소송 때 이 시 〈성 베드로의 부인〉은 보들레르에게 "종교 도덕을 침해했다는" 불리한 증거로 채택되었다. 하지만 나중에 사람들은 그를 크리스천 시인으로 만들었고, 폴 클로델Paul Claudel

은 《악의 꽃》의 언어에 대해 이렇게 말해야 했다. "그의 언어는 라신의 문체와 그의 시대 저널리스트 문체의 놀라운 혼합이다."

클로델이 그의 언어를 저널리즘과 연관시킨 것은 친숙한 말들과 표현법을 생각해서이기도 하지만, 특히 그의 도시적인 영감, **객차·도로·옴니버스·가로등·결산** 같은, 산업 문명에서 따온 신조어들을 염두에 두고서다.

라신과의 유사성은 20세기 초에 하나의 상투어처럼 되어 있었다. 아나톨 프랑스와 프루스트는 보들레르에게서 고전파 시인과 크리스천 시인을 구분하지 않았다. 아나톨 프랑스는 이렇게 말했다. "보들레르는 악덕의 시인이 아니다. 그는 원죄의 시인이다. 이 둘은 전혀 다른 것이다." 그의 문체를 라신의 문체에 비교했을 때 클로델이 생각한 것은 《페드르》의 도덕적 엄격성이었다. 사실 **크리스천** 시인이라는 명칭은 보들레르의 신학을 잘못 말하는 것이다. 그런 명칭은 1848년의 사회주의적이고 유토피아적인 이상, 자비와 성인통공聖人通功의 변형인 빈자들과의 연대를 상기시킨다. 바리케이드의 형제애라는 의미에서 크리스천 보들레르도 있지만, 그러나 좀 더 교리적인 의미에서, **가톨릭** 보들레르가 분명 더 핵심적인 요소로 존재한다.

보들레르의 신은 대속代贖 구세주가 아니라 심판자요 징벌하는 신이며,《악의 꽃》에 그리스도가 관계된 것은 거의 없다. 〈성 베드로의 부인〉은 그렇지 않다고 할 수도 있으나 이는 사실 예수를 조롱하기 위해서다. "성 베드로는 예수를 부인했다… 참 잘했다!"라고 말이다. 보들레르는 원죄를 덜고 천벌을 부르짖기 위해 신의 가호를 빌고 사탄을 찾으나 속죄에는 무감각하다. 훗날 프루스트가 그를 두고 "이스라엘 예언자들 이후 가장 침통한 예언자"라고 부르게 되는 이유다.

보들레르는 "악을 설명하기 위해서는 언제나 사드 백작에게, 즉 **자연인**에게 되돌아가야 한다"고 말했다(I, 595). 앞에서 살펴보았듯이, 그는 에드거 포의 작품을 읽고 난 후,《악의 꽃》의 미학과 형이상학이 확고해지던 수년 동안 조제프 드 메스트르가 쓴 책의 영향을 받았다. 그는《불화살》의 한 단장에, "드 메스트르와 에드거 포는 내게 추론하는 법을 가르쳐주었다"라고 적었다(I, 669). **레즈비언들,** 뒤이어 **림보들** 같은, 당시까지 시집 제목으로 검토되던 이 제목들은 사실주의와 악마주의와 사회주의 사이를 오락가락한다. 하지만 보들레르의 노선은 1855년의 만국박람회에 관한 보고서에서 돌연 확고해진다. 그것은 몇 페이지에 걸친, 진보라는 관념에 대한 위엄 있는 논박이다. 그러므로 우리는 에르네스트 라비스Ernest Lavisse가 샤를 페귀Charles Péguy에 대해 했던 표현, 즉 "자신의 석유에 성수를 부은 무정부주의 가톨릭 신자"를 그에게도 적용할 수 있을 것이다.

메스트르의 영향으로 이제 보들레르는 '악'의 보편성을 믿는다. 인간이 생각할 수 있는 유일한 진보는 "원죄의 흔적들을 줄여나가는 데에"(I, 697) 있다. 다시 말하면 "'악' 속에서의 자각"에 있다는 얘기다. 이를 보들레르는 조르주 상드의 선한 감정에 대비되는 존재인 사드와 관련하여 이렇게 말한다. "자신이 악인 줄 아는 악은 자신이 악인 줄 모르는 악보다 덜 끔찍하고 더 치유에 가까이 있다"(II, 68).

《악의 꽃》에 실린 시로, 그의 이 같은 침통한 신학에

가장 근접한 작품 〈돌이킬 수 없는 것〉은 신의 전략과
도 같은 창세 이미지로 시작된다.

> 하늘을 떠나 납빛의
> 진흙투성이 '망각의 강'에 떨어진
> 하나의 '관념', 하나의 '형태', 하나의 '존재',

이어 그는 악의 편재를 긍정하며 이렇게 뒤를 잇는다.

> 창백한 별 하나가 떨고 있는
> 밝고 어두운, '진리'의 우물,

> 빈정거리는 지옥의 등대,
> 악마의 은총이 타오르는 횃불,
> 유일한 위안과 영광,
> ─'악' 속의 자각이여!

사드적이고 메스트르적인, 혹은 그에 대해 레옹 블
루아Léon Bloy가 말하듯, "거꾸로 가는 가톨릭 신자"인

보들레르, 오늘날의 우리로서는 그런 그를 이해하기가 다소 어려운 게 사실이지만, 그렇다고 그가 진실하지 않은 것은 결코 아니다.

25

신문

어느 해, 어느 달, 어느 날짜 신문이든, 신문을 훑어볼 때마다, 그 한 줄 한 줄에서 인간 타락의 가장 지독한 증상들은 물론 성실과 선행과 자비에 관한 놀라운 **허풍들**, 진보와 문명에 관한 뻔뻔하기 짝이 없는 주장들을 발견하지 않을 수 없다.

모든 신문은 첫 줄에서 마지막 줄까지 혐오의 연속일 뿐이다. 전쟁, 죄악, 도둑질, 음란, 고문, 군주의 죄, 국가의 죄, 개인의 죄 등, 전 지구적인 잔인성의 도취일 뿐이다. (I, 705~706)

보들레르는 언론의 아이였다. 그는 에밀 드 지라르뎅Émile de Girardin의 〈라 프레스〉와 아르망 뒤타크 Armand Dutacq의 〈르 시에클〉 같은, 넓은 판형으로 대량 인쇄하는 최초의 일간지들이 처음 등장한 1836년에 열다섯 살이었다. 이 신문들은 1면 하단에 게재되는 연재소설과 함께, 파리 소식이며 국내 전체와 외국의 소식, 소송 관련 시평, 잡보雜報, 증시 시황 등을 실었고, 복권이나 포마드를 홍보하는 광고들이 마지막 면을 장식했다. 이는 그 후에 이루어진 라디오·텔레비전·인터넷의 도래 못지않게 갑작스럽고 혼란스러운 기술적·도덕적 혁명이었다.

몇 년 후 성년이 된 보들레르는 진지하게 자살을 생각했다. 이유를 묻는 친구들에게 그는 새로 등장한 일간지 때문이라고 설명했다. "큰 판형의 신문들이 나의 삶을 견딜 수 없게 만들고 있어"라고 친구들에게 말했다. 당시 사람들이 가제트라고 불렀던 신문들은 그에게, "그런 것들이 아직 출현하지 않은 세계"로 달아나고 싶은 욕구를 불러일으켰다. **Any where out of the world** ―**이 세계 바깥이라면 어디로든,** 즉 신문 없는 곳이면 어디로든 말이다.

신문의 무엇을 그는 죽고 싶을 만큼 그토록 심각하게 비난한 것일까? 신문은 현대 세계, 즉 정신적 데카당스의 상징 그 자체였다. 그것은 시의 소멸을 의미했고, 유용성이 미를 대체하고 기술이 예술을 대체하는 것을 의미했으며, 물질 숭배와 모든 초월성의 폐지를 의미했다.

> 게다가 그것은 문명화된 인간이 매일 아침 식사에 곁들이는
> 역겨운 아페리티프다. 신문, 높은 담장, 인간의 얼굴 등, 이 세
> 상 모든 것이 죄악을 배출한다.
> 손이 어떻게 불쾌감에 떨지 않고 신문을 만질 수 있는지 나는
> 이해가 되지 않는다. (I, 706)

하지만 그는 언론 덕을 보며 살았다. 그는 생트 뵈브
에게 "저널리스트 시인"이라는 딱지를 붙였는데, 생트
뵈브가 《조제프 들로름의 시》에서 《월요 한담》이라는
시평으로 넘어간 것이 그 구실이었지만, 실은 보들레
르 자신도 그에 못잖은 "저널리스트 시인"이었다. 그
는 알에서 깨어 나오기 무섭게 사라져버린 "작은 신문
들", 아방가르드의 문학적이고 풍자적인 삼류 신문들
을 통해 자기 일을 배웠을 뿐만 아니라, 운문이나 산문
으로 된 자신의 시며 미술 평론·수필 등을 애써 큰 판
형의 신문들에 게재하려 하여 신문사 주간들을 고문했
고, 그들이 그를 피해 달아나버려 그나마 목적을 이루

는 경우는 아주 드물었다.

"현대성"의 발명자가 언론에 분개했다는 사실이 의미하는 바는 이렇다. 언론은 그를 매혹했으나 그는 언론을 싫어했다는 것, 하지만 언론에 글 싣는 것을 중단한 적은 없다는 것 말이다. 그는 동시대인들의 어리석음, 예컨대 벨기에 체류 당시에는 벨기에인들의 어리석음을 예시해주는 기사들을 신문에서 오려내어 수집하기도 했는데, 사실 그는 크고 작은 신문들 없이, 신문을 읽고 신문에 글을 쓰는 일 없이 지낼 수 없었다.

또 그는 "작은 신문들"이 수행하는 꼭 필요한 기능이 있다고 보았다. 대형 언론사 기관지가 하는 거짓말과 어림짐작을 찾아내고 수정하고 고발할 수 있는 유일한 신문이 그런 신문이라는 것이다.

> 우리 세기가 한도 끝도 없이 만들어내는 것들 가운데 하나, 터무니없는 헛소리, 기괴한 위선이 내 앞에서 고개를 들 때마다 곧바로 나는 "작은 신문"의 유용성을 깨닫게 됩니다. (II, 225)

그는 당시 "작은 신문"이던 〈피가로〉 지에 사람들의 갖가지 선입견에 항의하는 편지를 보내며 이 점을 상기시켰다. "작은 신문"은 "큰 판형의 신문"을 괴롭히곤 했다. 지금은 블로그, 네트워크가 우리의 작은 신문들이다. 그것들이 없다면 아마도 우리는 더러 사라져버리고 싶은 마음이 들지도 모른다. 디지털 세상 바깥이라면 어디로든.

26

"꾸며야 할 멋진 음모"

보들레르는 사람들의 환심을 사려 한 적이 없다. 오히려 자신의 멜랑콜리·인간 혐오·여성 혐오·경멸을 공공연히 떠벌여 불쾌감을 주거나, 모욕을 주거나, 빈축을 사려 했다. 심지어는 유대인 배척주의자라는 비난을 받기도 했다. 《악의 꽃》에서 그가 스무 살 시절에 자주 만나던 화류계 여성 사라에 대해 어떻게 말했는지 보자.

어느 날 밤, 끔찍하게 생긴 유대 계집 곁에,

시체 옆에 있는 또 하나의 시체처럼 나란히 누워,

돈에 팔린 그 몸뚱이 곁에서 나는 생각했다

내 욕망이 누릴 수 없는 슬픈 아름다움을.

자신의 책 발행인인 미셸 레비Michel Lévy와 갈등이

빚어졌을 때, "그 멍청한 유대인(하지만 아주 부자인)"(C, I, 488)이라며 상대의 종교를 암시하기도 한다. 더욱이 그 발행인은 보들레르의 후견인으로 그의 돈줄을 쥐고 있던, 그래서 그가 학대를 당한다고 느끼던 공증인 나르시스 앙셀Narcisse Ancelle과 한통속 같아 보인다.

《파리 풍경》에 수록된 시 〈일곱 늙은이〉에 등장하는 도시에서 만난 노인, 무섭도록 수가 불어나는 그 노인은 예수 수난 때 예수에게 물을 주기를 거부한 이후 영원히 걸어야 하는 처지가 된 위대한 낭만적 영웅, '떠돌이 유대인'의 분신이다.

난데없이 한 늙은이, 우중충한 하늘빛을
흉내낸 듯 누런 누더기를 걸치고,
그의 눈 속에서 빛나는 심술궂은 기색만 없다면,
비 오듯 쏟아지는 동냥을 받았을 법한 몰골로,

내 앞에 나타났다. 그의 눈동자는
담즙에 담근 것 같고, 그 눈초리는 서릿발 같다,
덥수룩 자란 턱수염은 칼처럼 뻣뻣하게,

유다의 수염처럼 튀어나와 있었다.

몸은 꼬부라진 게 아니라 두 동강 난 듯하고,

등뼈는 다리와 완전히 직각이 되니,

그 꼴에 어울리는 지팡이는

병신 된 네발짐승 아니면 세 발 가진 유대인의

모습과 서툰 걸음걸이를 그에게 주고 있었다.

보들레르는 이 괴물을 무서워하지만, 에드거 포의 "민중의 인간"을 통해, 자신을 그와 동일시하기도 한다.

그는 1847년에 은행가들을 비방하는 소책자 《유대인, 이 시대의 왕들》을 펴낸 알퐁스 투스넬Alphonse Toussenel을 알았다. 이 저자가 1856년에 또 다른 책 《짐승들의 정신》을 보내주었을 때는 그에게 사의를 표하며, 그의 책에서 "보편적 아날로지"에 관해서나 "모호한 진보"에 반대하는 자기 생각을 보게 되었다고 말해준다.

다른 무엇보다도 결정적인 또 다른 자료가 하나 있는

데, 그것은 바로 《벌거벗은 내 마음》의 다음 단장이다.

유대 인종을 멸절하기 위해 꾸며야 할 멋진 음모.

도서 사서이자 **대속**代贖의 증인인 유대인들. (I, 706)

이해하기 힘든 이런 말들은 이 글귀를 접하는 오늘날의 독자들에게 당연히 충격을 준다. 이를 근거로 어떤 이들은 이 시인을 현대 유대인 배척주의의 선구자로 규정하기도 한다. 기독교의 해묵은 유대인 배척주의를 민족 말살 인종주의로 이행시키는 데 앞장선 사람으로 말이다.

하지만 이 글귀들을 해명하는 건 그리 어렵지 않다. 그것들은 19세기에 널리 알려진 성 아우구스티누스의 이 단언을 가리킨다. "유대인은 책을 지니고 다니고 크리스천은 그 책에서 자신의 신앙을 끌어낸다. 그들은 우리의 도서관 사서가 될 운명이다." 파스칼은 이 생각을 자신의 책 《수상록》에 이렇게 고쳐 적었다. "이 민족은 분명 메시아의 증인으로 봉사하기에 딱 알맞다. (…) 그들은 책을 지니고 다니고 책을 사랑하지만, 절대

책에 귀를 기울이지는 않는다"(라퓌마 판, 495).

보들레르의 글에 나오는 **멸절**이라는 말도 아우구스
티누스와 파스칼의 글에 나오는 것으로, 그들은 유대
인의 멸절을 경계했다. 파스칼은 이렇게 적었다. "만약
유대인이 모두 예수 그리스도에 의해 개종을 했다면
아마도 우리에겐 미심쩍은 증인들만 있게 되었을 것이
다. 만약 그들이 모두 멸절되었다면, 우리에겐 증인이
전혀 없게 되었을 것이다"(라퓌마 판, 592).

그들이 보기에 유대인의 생존은 그리스도의 증인으
로 남게 된다는 점에서 아주 중요했다. 보들레르가 파
스칼과 갈라서서 유대인 살해를 요구하려 했을까? 전
혀 그렇지 않다. 곧바로 그가 아우구스티누스와 파스
칼의 반론, 즉 유대인의 멸절은 증인을 사라지게 했을
거라는 반론을 되풀이하니 말이다.

그렇다면 "멋진 음모"를 꾸미느니 어쩌자니 하는 말
은 어찌 된 걸까? 장 스타로벵스키Jean Starobinski는 보
들레르가 이런 수식어를 대개 아이러니나 반어법적 의
미로 사용한다는 점을 상기시킨다. 예컨대 그가 1856
년 12월에 《악의 꽃》에 대한 "전반적인 멋진 혹평"(C,

I, 364)을 기대한다고 말할 때나,《파리의 우울》에 실은 산문시 〈고독〉에서 "그의 시대의 아름다운 언어"를 조롱할 때 그러듯이 말이다. 그렇다면 그것은 오히려 문제의 생각[유대 인종의 멸절]을 우롱하는 뜻으로 하는 말이 된다. 요컨대,《벌거벗은 내 마음》의 위 단장에서 보들레르의 유대인 배척주의를 추론해낸다는 건 있을 수 없는 일이다.

27

사진

사진은 보들레르가 혐오하는 "현대적인 것"에 속하지만, 그는 언론이나 '대로'와 마찬가지로 사진 없이 지낼 수 없었을 것이다. 그것들은 '이상'의 상실이나 데카당스의 도구지만, 누구도 그보다 그것들을 더 잘 다루지는 못했고, 그만큼 예술적이고 솜씨 좋게 그것들을 가지고 놀지 못했다. 그는 가스파르 펠릭스 투르나숑Gaspard-Félix Tournachon, 일명 나다르Nadar라는 당대의 가장 위대한 사진사를 친구로 둔—적으로도 둔—행운을 누렸다. 진보와 민주주의의 열렬한 지지자인 나다르는 보들레르가 싫어한 모든 것을 대변하는 존재였다. 그는 풍자화, 사진 등을 해본 뒤 기구氣球 조종에 뛰어들기도 했다. 둘 사이에는 오해가 끊이지 않았으나, 보들레르는 이 친한 적에게서 많은 것을 배웠다.

〈1859년 미술전〉은 현대 사실주의의 극치인 사진에

대한 무시무시한 비난을 담고 있다. 인간과 이미지의 관계를 세속화하는 물질주의적이고 부르주아적인 사진술은 재현 혁명을 부추기고, 보들레르가 도덕적·형이상학적, 심지어 신학적 차원까지 미친다고 생각하는 데카당스를 가속한다. 성聖의 흔적들은 "우상 숭배 군중"에게 전시된 이 황금송아지에 의해 지워져 버렸다. 보들레르는 일신교가 가고 새로운 이교異教가 도래한 상황을 서술하면서, 이 신종 이교의 **신조**를 이렇게 규정한다.

"나는 자연을 믿으며, 오직 자연만 믿는다 (…). 예술은 자연의 정확한 재현이요 그런 것일 수밖에 없다고 나는 믿는다 (…). 따라서 자연과 똑같은 결과물을 우리에게 제공해주는 산업은 절대적 예술이라 할 것이다." 어느 징벌의 신이 있어 대중의 이 같은 소망을 들어주었다. 다게르가 그의 메시아였다. 그리하여 대중은 이렇게 말한다. "사진술은 우리에게 더 바랄 나위 없이 확실하게 정확성을 보증하므로(이 몰상식한 자들은 그렇게 믿는다!), 예술이란 곧 사진이다." 이때부터 추한 사회는 어떤 외로운 나르키소스처럼, 금속에 비친 자신의 추한

이미지를 보려고 달려들었다. (II, 617)

그가 보기에 사진의 사실주의라는 이 현대판 신종교
는 우상 숭배에 속한다. 그것은 그가 〈1859년 미술전〉
에서, 사실주의에 대한 반발로 "여러 능력 중의 여왕"
이라고 선언했던 상상력에 호소하는 것이 아니라 모방
에 특권을 부여하는 것이기 때문이다. 그러므로 사진
이라는 종교는 부활한 이교요, 사진의 시대는 신이 죽
은 시대다. 나름의 신앙과 신조와 메시아를 가진 대체
종교에 입문하기 때문이다. "추한 이미지"가 "신성한
그림"을 대체한다.

산업이 예술계에 침투하여 예술의 가장 치명적인 적이 되었
고, (…) 기능들의 혼란이 어느 것도 제대로 수행되지 못하게
한다. 시와 진보는 본능적인 증오심으로 서로를 증오하는 두
야심가로, 같은 길에서 마주치면 둘 중 하나는 다른 하나를
죽여야 한다. (II, 618)

하지만 보들레르는 1865년 12월 브뤼셀에서 어머니

에게 이렇게 편지를 쓴다.

어머니의 초상 사진을 몹시 갖고 싶습니다. 저는 온통 이 생각에 **사로잡혀 있어요.** 아브르에 뛰어난 사진사가 한 명 있습니다. 하지만 지금 당장은 가능하지 않을 것 같아 걱정이에요. **제가 현장에 꼭 있어야** 합니다. **어머니는 잘 모르시지만,** 사진사들은 모두, 설령 뛰어난 사진사라 해도 다들 우스꽝스러운 버릇들이 있습니다. 그들은 얼굴의 모든 무사마귀, 모든 주름, 모든 결함, 모든 저속함이 아주 잘 보이게, 아주 과장되게 나타난 이미지를 잘 나온 이미지로 여기죠. 그들은 이미지가 '생경'할수록 더 만족해합니다. (⋯) 제가 원하는 것, 즉 정확하되 데생의 **흐릿함**을 간직한 초상 사진을 찍을 수 있는 곳은 파리 외에는 별로 없어요. 어쨌든 이에 대해 생각해보실 거죠? (C, II, 554)

보들레르는 최선을 다해 자신의 사진 미학을 표명하고 있다. 그는 생경한 선들, 침울한 검은 색조, 지나친 콘트라스트, 돌출한 코와 손과 무릎 등, 초상 사진의 흔한 결점들을 알고 있다. 성공한 사진은 데생의 흐릿함을 되찾아, 거친 사실성이나 판에 박은 복제에서 멀어진다. 그는 흔들려서가 아니라 초점 조절로 흐릿하게 한 어머니의 부드러워진 사진을 꿈꾼다.

게다가 보들레르는 사진발을 잘 받는 사람이었다. 그가 나다르와 카르자에게 취해준 포즈는 완벽했으며, 사진을 그토록 대놓고 멸시했던 그가 우리가 아는 최고의 작가 사진을 거의 15장이나 남긴 것은 묘한 역설이라 하지 않을 수 없다. 오늘날의 모든 독자에게, 그의 시는 이 시인의 친숙한 초상 사진들과 분리될 수 없다.

보들레르와 함께하는 여름

28

진창과 황금

수도 파리의 하루 쓰레기를 모으는 사람이 여기 있다. 그는
이 대도시가 버린 모든 것, 이 대도시가 잃어버리고, 홀대하
고, 부숴버린 모든 것을 분류하고 수집한다. 방탕의 기록들,
쓰레기들의 잡동사니를 조회한다. 선별하고 현명한 선택을
한다. 그는 수전노가 보물을 모으듯 쓰레기들을 모으고, 그
쓰레기들은 산업의 신성神聖에 되씹혀서, 다시 유용한 물건이
나 향락의 대상이 된다. (I, 381)

7월 왕정과 제2제정은 넝마 장사의 황금기였다. 넝
마주이는 사회의 한 전형이었다. 언론들에서 잔뜩 쏟
아져 나오는 파리의 생리학과 새로운 풍속화 곳곳에
등장하는 신화적 인물이었다. 문학은 그를 디오게네
스 같은 철학자·자유인·태평한 몽상가로 만들었고, 그
가 종종 범죄자나 끄나풀이요, 노동 계급과 위험 계급

의 대변인이라는 사실을 망각했다. 그는 은어로 **카브리올레**나 **버드나무 캐시미어**로 불리던 채롱 혹은 **마네킹** [작은 바구니]과, 생긴 모양 때문에 7이라는 별명이 붙은 집게, 그리고 등록 번호가 붙은 초롱을 들고서, 옛 파리의 보도 없는 벽 보호용으로 쌓아둔 큼지막한 돌들, 소위 "경계석 모퉁이"에 쌓인 쓰레기들을 뒤지는 모습으로 도미에나 가바르니·트라비에 같은 화가들의 날랜 붓에 그려지곤 했다. 보들레르는 술의 갖가지 즐거움에 관해 쓴 글《인공 낙원》에서, 그의 발걸음에 애착을 느껴 무프타르 가에 있는 넝마주이들의 거래소까지 그를 뒤쫓아 간다.

밤바람에 시달리는 가로등의 어두운 빛을 받으며, 그가 생트 주느비에브 산의 작은 집들이 빼곡한 구불구불한 길 하나를 따라 올라간다. 그는 **버드나무 채롱을 지고 7번을 들고 있다.** 온종일 각운을 찾아 떠도는 젊은 시인들처럼, 그는 고개를 끄덕거리고 포도 위에서 비틀거리며 도착한다. 그는 혼자 말하면서, 밤의 차갑고 캄캄한 대기에 자신의 영혼을 쏟는다. 그것은 더 없이 서정적인 비극들마저 가엾게 여겨질 정도의 장엄한 독백이다.

넝마와 헌 종이는 새 종이와 종이 상자를 만드는 데
쓰였다. 뼈다귀는 골탄이나 성냥용 인으로 변했고, 깨
진 유리는 다시 녹았고, 못은 다시 철물이 되었고, 개와
고양이는 가죽이 벗겨져 가죽만 헌옷 가게로 갔고, 머
리카락은 우아한 여성들의 머리 위에서 땋아 내린 머
리나 쪽진머리로 다시 출현했고, 오래돼서 해진 신발
은 새 구두의 뼈대가 되었다. 피에르 라루스는 자신의
사전에서, 작은 나팔이나 재단된 병정 같은 아이들 장
난감으로 탈바꿈하는 정어리 통조림통에 이르기까지,
"모든 것이 받아들여진다"고 결론지었다. 보들레르의
두 번째 〈우울〉에 나오는 결산표·시·연애편지·소장·
연가 등의 운명은 당연히 문구점 행이었고, "영수증들
에 돌돌 말린 무거운 머리카락들"은 아마 가발 가게에
서 끝장이 났을 것이다.

넝마주이가 지나가고 나면 남는 건 **진창**뿐이었다.
이 진창은 1861년 판《악의 꽃》의 〈파리 풍경〉 곳곳에
퍼져 있다. 예컨대 〈백조〉에는 "진창 속에서 발을 구르

는"'폐병 들어 야윈 흑인 여자"의 진창이 있고, 〈일곱 늙은이〉에는 "눈과 진창 속에서 허우적거리며 가던" 유령의 진창이 있고, 〈여행〉에는 "진창 속에서 발을 구르는, 늙은 방랑객처럼""지도와 판화를 사랑하는 이들"의 진창이 또 있다.

한데 이 진창을 우리가 아는 진흙, 물과 흙으로 된 광물질 진창으로 상상하지는 말자. 이 진창은 파리의 똥거름으로 불리던 다른 시대의 유기질 진창, 경계석 모퉁이나 개천에 쌓인 오물들로 뒤죽박죽인 시커멓거나 푸르뎅뎅한 진창이다. 그것은 **부외르**boueur[도로 청소부]로 불리거나, 나중에 완곡하게 **에부외르**éboueur로 불렸던 이들, 내가 어렸을 때는 **부외**boueux라고 불렸던 이들의 진창이다. 그것은 말단 넝마주이들, **똥거름장수들**이 아르장퇴이의 채소 재배자들에게 아스파라거스를 살찌우라고 파는 **거름**이다.

산문시 〈후광의 분실〉에서 대로를 건너던 시인의 관이 떨어진 곳이 바로 이 진창 속, 빅토르 위고가 말한 "오물의" 진창이다. 황금과 오물의 이 유희, 혹은 왕권과 시궁창의 이 유희에 대한 당시의 가장 유명한 예는

보들레르와 함께하는 여름

혁명이 한창이던 1848년 2월 26일의 〈파리의 넝마주이〉 무료 공연에서 찾아볼 수 있는데, 대중의 인기를 끈 이 멜로드라마의 저자 펠릭스 피아Félix Pyat는 곧 산악당 의원으로 선출되었다가 망명객이 되었고, 그 후 파리 코뮌에 가담했다가 또다시 망명객 신세가 된 인물이다. 이 작품에서 넝마주이 역을 맡은 프레데릭 르메트르가 내용물 명세를 작성하려고 채롱을 비우는 장면에서, 피에르 라루스Pierre Larousse가 회상하듯이, "승리에 전율하는 민중"의 더없이 큰 기쁨을 위하여, "밤의 수확물로 귀착된 그 잔해들 속에 왕관이 덧보태졌다."

그리고 시인이 《인공 낙원》에서 자신을 넝마주이와 비교하며, '악의 꽃'으로 변화시키는 것도 바로 이 진창이다. "나는 진창을 이겨 황금으로 만들었다." 폴 뫼리스Paul Meurice가 쓴 '파리'라는 제목의 드라마가 제정의 핍박을 받았을 때, 빅토르 위고는 1855년의 한 편지에서 그를 이렇게 위로했다. "하지만 없어질 리 없으니 참고 기다리게. 황금이 진창 속에 있지만, 제정이 그 시구들을 녹슬게 하지는 못한다네."

보들레르는 "추악한 수도" 파리를 좀 더 맹렬하게

호통치면서, 1861년 판《악의 꽃》을 위한 에필로그의 초고에서 이렇게 외쳤다. "너는 내게 진창을 주었으나, 나는 그것으로 황금을 만들었다."《악의 꽃》의 마지막을 장식할 이 시구가 암시하고자 한 것은 오비디우스의《변신》에 나오는 미다스 신화가 아니라 파리 넝마주이의 생리다.

보들레르와 함께하는 여름

29

환상의 검술

도시와 들판, 지붕과 밀밭 위로

잔인한 태양이 맹렬하게 내리쬘 때,

은밀한 음욕을 가리는 덧창들이 달린

너저분한 집들이 있는 성문 밖 거리를 따라

나는 간다, 홀로 환상의 검술 연마하러.

거리 구석구석에서 각운의 우연들을 냄새 맡으며,

포석들 위에서처럼 말들 위에서 비틀거리며,

이따금 오래전부터 꿈꿔온 시구들에 부딪히며.

우리가 이해했듯이 코미디언이나 곡예사, 넝마주이 등은 장 스타로뱅스키의 표현을 빌리면 "시인의 알레고리적 표상"이다. 《인공 닉원》에서, "그는 온종일 각운을 찾아 떠도는 젊은 시인들처럼, 고개를 끄덕거리고 포석들 위에서 비틀거리며 도착한다." 《악의 꽃》의 옛 시 〈태양〉에서는 시인이 포석들에 부딪히듯 말들과 시구들에 "부딪힌다." 다시 말해 그것들과 마주치고 그것들에 손이 닿는데, 시인이 그것들에 부딪히는 것만이 아니라 그것들이 시인에게 와서 부딪히기도 한다. 시에는 그 충격의 격렬함만이 아니라, 교차의 행복, 우연한 발견의 행운도 표현되어 있다.

보헤미안 시절의 옛 동료로 제정의 유력자가 된 아르센 우세Arsène Houssaye에게 바친《파리의 우울》헌사에서 보듯이, 이 작은 산문시, 도시의 우연한 사건들을 표현할 수 있을 만큼 "충분히 유연하고 충분히 거친" 시적 산문의 이 "끈질긴 이상"이 "탄생하는 것은 특히 거대 도시들로의 잦은 방문에서, 그 도시들의 수없이 많은 관계의 교차에서다."

한데 "환상의 검술"이라니? 이 이미지는 당혹스럽다. 언젠가 내가 경계석 모퉁이에서 벌어진 싸움에서 넝마주이가 휘두르는 갈고리의 움직임을 목격하게 된 날까지, 그것은 내게 신비로 남아 있었다. 1828년의 행정명령을 통해 넝마주이 등록제를 시행한다는 결정을 내릴 때, 경찰청은 "범죄자들이 강도와 살인의 도구가 될 수

보들레르와 함께하는 여름

도 있는 넝마주이의 갈고리를 소지하여 경찰의 감시를 피한다는 사실"을 들어 그런 결정을 정당화했다. **주둥이 달린 지팡이, 오트리오**hotteriot(혹은 갈고리의 기사에게 **큐피드**라는 칭호가 붙고 그의 채롱이 **전통**筒筒이 되었을 때는 **사랑의 화살**)라고 불렸던 그 **7번**은 위험한 도검류에 속했다.

1832년 4월 1일, 파리의 넝마주이들이 폭동을 일으켰다. 당국이 콜레라가 휩쓸고 간 도시를 깨끗이 청소하기 위해 오물을 즉각 제거하라는 명령을 내린 직후였다. 폭동은 보기 드물게 격렬했으며, 언론은 이를 두 무장 세력 간의 투쟁, 즉 "넝마주이의 갈고리가 경찰대의 칼, 무장 경찰의 검과 교차"한 것으로 보도했다. 갈고리·칼·검 이 세 가지 장비는 동의어였으며, 이는 곧 그의 시 〈일곱 늙은이〉에 등장하는 유령, "육중한 철도 화차에 흔들리는 성 밖 변두리 지역"에서 포착된 그 유령도 넝마주이였음을 암시한다.

난데없이 한 늙은이, 우중충한 히 늘빛을
흉내낸 듯 누런 누더기를 걸치고,
그의 눈 속에서 빛나는 심술궂은 기색만 없다면,

비 오듯 쏟아지는 동냥을 받았을 법한 몰골로,

내 앞에 나타났다. 그의 눈동자는
담즙에 담근 것 같고, 그 눈초리는 서릿발 같다,
덥수룩 자란 턱수염은 칼처럼 뻣뻣하게,
유다의 수염처럼 튀어나와 있었다.

'떠돌이 유대인'의 분신인 이 늙은이는 수염이 칼에 비유되었지만(넝마주이는 행상인과 마찬가지로, 외젠 수Eugène Sue가 《파리의 신비들》의 속편으로 낸 소설 《떠돌이 유대인》에 의해 다시 유행하게 된 아하스베루스와 동일시되었다), 그 역시 동료들과 마찬가지로 어쩌면 주둥이가 달렸을 지팡이를 들고 있는데, 그의 걸음걸이가 "병신이 된 네발짐승 아니면 세 발 달린 유대인" 같은 이유는 이 지팡이 때문이다.

그러니까 "환상의 검술"은 갈고리를 휘두르는 넝마주이의 동작을 표현한 것일 수 있다. "거리 구석구석에서 냄새 맡는다"라는 시구가 그런 가설을 뒷받침한다. "플뢰랑[냄새 맡다]"과 "플뢰레[검]"는 애서넌스[16]를 이루며, "구석"은 경계석 모퉁이를 상기시킨다. 그리고 그것은 콩스탕탱 기스가 파리에서 밤의 수집 행각을 마치고 돌아와 펼치는 검술이기도 하다. "이제, 다른 사람들이 잠든 시간에, 그는 작업대 위로 몸을 수그린 채, 좀 전에 사물들을 응시하던 바로 그 시선을 종이 위로 내리꽂고, 자신의 연필·펜·붓을 칼처럼 휘두른다"(II, 693).

1832년에 넝마주이들이 폭동을 일으켰을 때, 보들레르는 아직 어리긴 했으나 그 사건을 모를 수는 없었다. 1861년의 《파리 풍경》에 〈태양〉 바로 앞에 실린 시 〈풍경〉을 보라. 시 창작의 또 다른 한순간을 묘사한 이 시에서 그가 생각하는 것은 바로 그 폭동의 소요가 아닐까?

'소요'가 아무리 내 유리창에 폭풍을 몰고 와도 헛일,

내 이마를 책상에서 들어 올리지는 못하리.

16 유사 모음의 반복 현상.(—옮긴이)

30

폐기된 그림수수께끼

시 〈가여운 노파들〉에 나오는 노파들, 수도의 "꼬불꼬불한 주름들" 속에서 시인에게 추적당한 그 노파들은 "늙어빠진" 존재, "꼬부라지고, 꼽추거나 뒤틀어진", "망가진 괴물" 등으로 묘사되어 있다.

> 그들은 기어간다. 심통 사나운 북풍 맞으며,
>
> 합승마차 굴러가는 요란한 소리에 떨며,
>
> 꽃이나 그림수수께끼를 수놓은 작은 손가방을,
>
> 성자의 유물인 양 옆구리에 끼고서.

언제나 나는 이 시에 나오는 그림수수께끼가 의아스러웠다. 보들레르는 그것이 독자들의 의구심을 사리라고 생각한 듯, 1859년 9월 빅토르 위고에게 보낸 자필 원고의 주석(1861년 판《악의 꽃》에는 넣지 않은)에서, 프

랑스 대혁명 총재정부 시절 피에르 드 라 메장제르의
〈주르날 데 담 에 데 모드〉에 실린 판화에 그런 것들
이 나온다고 해명했다. 그의 친구 풀레 말라시스Poulet-
Malassis가 1859년 2월에 그 신문 한 부를 옹플뢰르에
있는 그에게 보내준 모양이었다. 바느질 쌈지, 즉 경구
나 그림수수께끼가 잔뜩 들어간 작은 그물 손가방은
1797년에 유행했다. 그러므로 〈가여운 노파들〉의 그
수놓아진 그림수수께끼의 배후에는 아마도 **실물realia**
이 있었거나, 아니면 적어도 옛 신문에서 가져온 이미
지들이 있었던 것 같다. 나는 그것을 알고 있었지만, 그
래도 여전히 의아스러웠다. 보들레르가 주석을 달아
설명을 해야겠다고 생각했다면, 그 자신도 뭔가 걱정
스러워 그랬던 것 아니겠는가.

그러던 중 우연히도 나는 1837년의 〈피가로〉지에
실린 "예술가의 방"이라는 제목의 익명 기사(사실은 보
들레르가 "완전무결"하다는 찬사와 함께 《악의 꽃》을 헌정한 테오
필 고티에Théophile Gautier가 쓴 기사다) 한 편과 마주쳤다.

예술가의 방은 옛 시절의 잔해처럼 때에 절어야 한다. 그 방

은 타인들의 쓰레기를 환영하며, 때로는 아주 멀리까지 가서 쓰레기를 구해와 더없이 멋진 장식물로 변신시키기도 한다. 여기저기에 깨진 접시 조각, 이상한 용구, 헌옷 조각, 경계석에 버려진 그림수수께끼, 무늬가 들어간 피륙 조각, 트럼펫, 녹슨 라이터 등, 온갖 썩어빠진 것이 다양하게 있는데 (…) 그것이 최고의 효과를 낸다.

보들레르가 보헤미안 시절에 묵었던 생 루이섬의 피모동 호텔 방 얘기를 하는 것 아닐까 하는 생각이 든다. 여기서 고티에는 "장식물"과, 철자 t가 없는 "그림수수께끼"[17]라고 적었고, "경계석에 버려진 그림수수께끼" 얘기를 했는데, 이 경계석은 역시 넝마주이의 경계석을 가리킨다. 그러고 보면 혹시 그 가여운 노파들의 작은 손가방도 경계석 모퉁이에서 주운 것이 아닐까?

고티에 역시 진창과 황금의 유희, 후광과 쓰레기의

---

17 프랑스어 rébus는 '그림수수께끼', rebut는 '쓰레기'라는 뜻이다. 고티에의 글에서는 rebus로 적혀 있어 둘 중 어느 쪽을 가리키는 말인지 헷갈린다.(―옮긴이)

유희에 무감각하지 않았는데, 이는 예를 들면 1845년에 발표된 《에스파냐》에 수록된 시, 보들레르의 찬사(II, 126)를 받았던 〈발데스 레알의 두 그림〉 중 하나인 바로크적 "바니타스"에 대한 묘사에 나타나 있다.

한 받침대 위에는 교황의 삼중관, 왕관,

왕홀, 휘장 등이 가득 놓여 있고,

다른 하나엔 쓰레기, 오물, 깨진 조각이 가득하다.

지고의 저울로 재면 모든 것이 같은 무게를 갖는다.

르뷔rebut와 **레뷔스rébus**? 나는 사전에 잇달아 등장하는 이 두 단어를 볼 때마다 신경에 거슬리는 그 동음同音과 잠재적 등가성 때문에 사념에 빠져들곤 한다. 더욱이 레뷔스rébus의 끝자음 s를 발음해야 하는지, 아니면 **아나나ananas**처럼 묵음해야 하는지도 도통 알 수 없다. 어쨌든 단수로 쓸 때("un rébu, des rébus")는 "제뷔zébu"처럼 "레뷔rébu"라고 말하는 편이 더 낫고 정확하지 않을까? 일부 지역에서 실제로 사람들이 그렇게 하듯이 말이다. 하지만 시 〈가여운 노파들〉에서

"rébus(레뷔스)"는 "omnibus(옴니뷔스)"와 운이 맞는다. 보들레르는 서정시에 여격에서 유래하는 신조어를 즐겨 넣지만, 누구도 "옴니뷔omnibu"라고 발음했을 리는 없을 것 같다. 속물근성으로 끝 자음의 묵음을 고집했던 게르망트 공작부인[18]의 집에서조차도 말이다.

이런 생각들로 머뭇거리고 있던 차에, 나는 넝마주이 문학가로 유명한 샤를 노디에Charles Nodier가 1834년에 수정본을 펴낸 피에르-클로드-빅투아르 부아스트의 《프랑스어 대사전》(1823)에서 다음 내용을 읽게 되었다.

Rébus, 남성, 단수. 어원은 Rebus. 말장난. 알쏭달쏭한 암시. 말 맞히기 놀이(욕설). 대상을 같은 발음의 단어·숫자·글자 따위로 대체하여 나타낸 그림수수께끼. (비유, 일상어) 악의적 농담. Mettez les rébus au rebut[그 그림수수께끼들을 폐기하시오].

Rebut, 남성, 단수. 어원은 Contemptio. 혐오감 주는 행

---

18 프루스트의 소설 《잃어버린 시간을 찾아서》에 등장하는 작중 인물.(―옮긴이)

보들레르와 함께하는 여름

위. 싫증 난 것(mettre au rebut[폐기하다], choses de rebut[폐기물]).

더욱이 이 책에는, **레뷔스**와 **옴니뷔스**의 운을 맞추게 하는 각운 사전도 하나 들어 있다.

이처럼 그림수수께끼는 말장난이자 악의적 농담이며, 그림수수께끼를 쓰레기더미에 버리는 그림수수께끼에 대한 말장난도 있었다. 이것만은 분명하다. 그림수수께끼 아래에는 쓰레기가 있다는 것, 그리고 그 **가여운 노파들**은 넝마주이들이었거나, 아니면 그림수수께끼가 수놓아진 자신들의 가방을 쓰레기더미에서 찾아냈으리라는 것 말이다.

31

불쾌한 모럴

애써 다시 《파리의 우울》(산문시들) 속으로 뛰어들었습니다.
작업이 끝나지 않았거든요. 자신의 랩소디적 사상을 산책의
우연한 사건 하나하나와 연결 짓고, 대상 하나하나에서 불쾌
한 모럴을 끌어내는 새로운 조제프 들로름을 마침내 곧 보여
드릴 수 있겠다는 희망이 생깁니다. 하지만 날카롭고 경쾌한
방식으로 표현할 수도 있을 텐데, 이런 쓸데없는 것들을 지어
보려니 얼마나 힘이 드는지 모르겠습니다! (C, II, 583)

위의 글은 보들레르가 1866년 1월에, 그러니까 뇌
사고를 당하기 두 달 전에 생트 뵈브에게 털어놓은 고
백이다. 그 사고로 그는 실어증에 걸렸고 다시는 회복
하지 못했다. 이 편지에서 그는 으레 그러듯, 《조제프
들로름의 시》의 저자인 선배의 비위를 맞춰주려고 자
신의 산문시들이 이 최초의 비평가가 쓴 젊은 날의 작

품에 뭔가 빚진 것이 있는 것처럼 말한다.

이 글에는 보들레르의 중심적인 주제들이 여럿 언급되어 있다. 산책과 그 우연한 사건들, 창작의 어려움, 자조(그는 산문시들을 여기서 "쓸데없는 것들"로, 다른 곳에서는 "시시껄렁한 것들"로 표현한다), 그리고 특히 이것, 언제나 "불쾌한 모럴"을 표현하고자 하는 의도가 그러하다. 보들레르는 독자에게 충격을 주고 독자를 격분시키고 싶어 한다. 그의 그런 의도는 《파리의 우울》에서 점점 더 심해졌으며, 그 내용이 너무나 신경에 거슬려 신문들이 하나같이 게재를 거부했다. 그 일 년 전에 보들레르는 〈파리의 생활〉의 주간이자 그 역시 꽤 불손한 풍자화가이던 루이 마르슬랭Louis Marcelin에게 몇몇 시작품의 게재를 제안했는데, 그때 그는, 원고 입장에서인지 피고 입장에서인지 모르겠지만, 게다가 다 헛일이 되고 말았지만, 자신의 심중을 이렇게 명확히 밝혔다. "그것들은 귀하의 임신부 독자들이 낙태를 당하게 될 무섭고 끔찍한 작품들입니다"(C, II, 465). 보들레르는 브뤼셀에서의 체류가 길어지면서 점점 더 신랄해졌는데, 〈불쌍한 벨기에!〉나 〈옷을 벗은 벨기에〉에 수록된 벨기에인들에 대한 끔찍한 묘사가 이를 증언하나 그 내용이 너무나 천박해서 인용하지 않는 편이 나을 것 같다.

보들레르는 살가운 사람이 아니다(그와 함께 여름을 보내는 것은 몽테뉴와 함께 보내는 것만큼 편치 않다). 그는 진보·민주주의·평등을 적대시하고, 모든 동포를 경멸하며, 선한 감정을 경계한다. 그는 여자들이나 아이들은 물론 자신의 동포 전체도 그다지 좋게 생각하지 않는다. 또 그는 사형을 지지한다. 일종의 희생 같은 것으로 말이다.

> 사형은 오늘날에는 전혀 이해되지 못하는 신비 사상의 결과이다. 사형의 목적은 사회를 **구하는** 것이 아니다. 어쨌든 물질적으로는 그렇다. 그 목적은 사회와 죄인을 (정신적으로) **구하는** 것이다. 희생이 완벽하기 위해서는 희생자 측의 동의와 기쁨이 있어야 한다. (I, 683)

우리는 그가 당시의 여러 편견의 희생자였다고, 당시의 대다수 사람보다 그가 유난히 더 언어도단의 언행을 한 건 아니라고, 발자크·생트 뵈브·바르베 도레

빌리·플로베르·르낭·텐느·공쿠르 형제 등이 쓴 글에서도 그에 못지않은 끔찍한 말들을 어렵지 않게 찾아낼 수 있을 거라고 주장하면서 그를 변호할 수 있을까? 어려운 얘기다. 보들레르는 많은 면에서 우리의 동시대인이기도 하기 때문이다. 훗날 사르트르에게서 "백미러를 보며 앞으로 나아간" 사람이라는 비난을 받게 되긴 하지만, 엄연히 그는 "현대성"을 만들어낸 장본인이며, 지금도 우리는 현대 세계에 대한 사랑과 증오, 참여와 저항, 열광과 격분으로 이루어진 그 현대성 안에서 발버둥치고 있다.

그가 무엇보다 관념과 형식을 뒤흔든 선동가, 트러블 메이커, 광적 역설가였다는 주장으로 그를 옹호할 수는 있을까? 아니다. 그는 자신이 쓴 그 모든 혐오를 진짜로 그렇게 생각했기 때문이다. 그는 그렇게나 다르게 생각했고 많은 것들에 대해 이중 언어를 구사했다.

프루스트는 애초에는 자신의 소설을 주인공과 그의 어머니의 대화로 마무리해야겠다고 생각했다. 주인공의 어머니는 보들레르를 반쯤만 좋아했다. 그의 편지들과 그의 시에 "잔인한 내용"이 있어서였다. 아들은 보들레르가 냉혹한 사람이었다는 어머니의 생각에 동의하지만, 거기에 "무한한 감수성이 함께"한다고 덧붙였다. "그의 냉혹함 (…) 그가 비웃고 그가 가차 없이 표현하는 그 아픔들에서, 우리는 그가 그것들을 뼛속까지 깊이 느꼈음을 느끼게 된다"고 말이다. 그러면서 그는 〈가여운 노파들〉을 인용했다.

—그 눈들은 수백만 눈물로 만들어진 우물…

그녀들 모두 눈물로 강물도 만들 수 있었으리…

…심통 맞은 북풍 맞으며,

합승마차 굴러가는 요란한 소리에 떨며…

상처 입은 짐승처럼 몸을 끌며 기어간다

프루스트 소설의 주인공이 어머니에게 증명하고자 한 것은 보들레르가 자신을 그 가엾은 노파들과 동일시했다는 것이다. 그녀들의 몸에서 살고 그녀들의 신경으로 전율하고 그녀들과 함께 괴로워했다는 것이다. 가난한 사람들, 추방당한 사람들, 배척당한 사람들을 바라보는 보들레르의 시선에는 연민과 아량이 있고,

관용과 자비가 있다. 그는 그들과 교감한다.

하지만 나, 그대들을 따뜻하게 지켜보는 나,

불안한 눈동자, 그대들의 위태로운 발걸음에 고정하고서,

마치 내가 그대들의 아버지라도 되는 양, 오 경이로워라!

《악의 꽃》에서나 《파리의 우울》에서나, 잔혹과 연민, 냉혹과 자비 둘 중 어느 쪽이라고 딱 잘라 말하기는 참으로 쉽지 않다. 보들레르는 싸구려 감동을 거부하기 때문이다. 하지만 그의 가장 냉혹한 산문시에도 더없이 약한 존재들을 살펴보는 시인이 있다. 〈늙은 곡예사〉의 버림받은 희극 배우 앞에서 그러듯이.

나는 히스테리의 무서운 손아귀에 목이 졸리는 느낌이었고, 나의 시선은 떨어지려 하지 않는 이 성가신 눈물들에 가려버린 것 같았다.

32

상투어들

저주받고 유죄판결 받고 배척당했던 보들레르, 그는 사망 오십 주년인 1917년 즈음부터, 탄생 백 주년 때인 1921년에는 진짜로, 가장 많이 읽히고, 가장 많이 연구되고, 가장 많이 암송되는 가장 위대한 프랑스 시인이 되었다. 프루스트는 나다르가 찍은 그의 한 사진에서 영원한 시인의 이미지를 보았다.

그는 특히 이 마지막 초상 사진에서, 위고·비니·르콩트 드 릴 등과 환상적으로 닮아, 마치 이 네 사람 모두가 다만 같은 얼굴의 약간 다른 교정쇄들 같다. 이 세상이 시작된 이후 사실상 하나인 위대한 시인의 얼굴의 교정쇄 말이다. 단속적이지만 인류의 삶만큼이나 오래된 그의 삶의 시간은 금세기에는 고통받는 잔혹한 시간이었다.

보들레르는 빅토르 위고를 넘어 이제 그 자신이 프랑스 시인을 구현하는 존재가 되었고, 이후에도 그 명예를 더럽히지 않았다. 어느 날 나는 거리에서, 대입 구술 시험을 치르고 나오던 젊은이들이 보들레르의 시 한 편에 대해 길게 해설해대는 소리를 들었다. 그들 가운데 한 명이 시험에서 맞닥뜨린 그 시 두 번째 〈우울〉("내겐 천년을 산 것보다 더 많은 추억이 있다…")은 나 자신도 지금으로부터 반세기 전인 고등학교 시절에 몹시 감동했던 시였다.

보들레르가 사후에 남긴 행복한 유산과 끔찍이도 비참했던 그의 삶 사이의 불균형은 잔인한 것 같다. 수년에 걸쳐 어머니에게 보낸 그 편지들 한 장 한 장에서 그가 곱씹는 바로 그 비참한 삶 말이다.

가족도 남자 친구도 여자 친구도 없는 해들의 끝없는 연속, 한결같은 고독과 우연의 세월이 제 앞에 펼쳐지는 것을 보았어요. (C, I, 357)

저는 끊임없이 묻습니다. 이게 무슨 소용인가? 저건 또 무슨 소용인가? 바로 이런 것이 진짜 우울입니다. (C, I, 438)

아주 아주 여러 해 전부터, 끊임없이 제가 자살 일보 직전에 서 살고 있다는 걸 생각해보세요. 이는 어머니께 겁을 주려고 하는 말이 아니에요. 실제로 저는 불행하게도 삶이라는 형벌 을 받고 있다고 느끼니까요. 이는 다른 이유가 아니라, 수 세 기 같기만 한 수년 전부터 제가 어떤 고통을 당하고 있는지 어머니께서 좀 알아주셨으면 해서 하는 말이에요. (C, II, 25) 저는 일종의 끊임없는 신경성 공포에 빠져 있어요. 자는 것도 끔찍하고, 깨어나는 것도 끔찍해서, 도통 뭘 할 수가 없어요. (C, II, 140)

그의 두려움, 그의 공황은 어디에나 있다. 보들레 르는 어머니에게 편지를 보낼 때마다 이를 언급한다. "저는 언제나 불안과 신경성 공포 상태에서 살고 있어 요"(C, II, 200)라거나, "특히 두려움, 돌연사하면 어쩌나 하는 두려움,―너무 오래 살면 어쩌나, 어머니가 죽는 걸 보게 되면 어쩌나 하는 두려움, 잠듦의 두려움, 깨 어남의 공포"(C, II, 274)라거나, "중요한 일들을 미루거 나 소홀히 했다는, 상상이 증폭시키는 끊임없는 두려 움"(C, II, 304) 등등.

보들레르와 함께하는 여름

그 삶은 실패한 끔찍한 삶이었다. 훗날 사르트르는 그 점을 매우 강조하면서도 그의 작품이 성공했다는 사실을 덧붙이는 건 까먹는다. 그의 실패한 삶은 숭고한 작품을 위한 대가였다. 그래서 우리 모두 보들레르의 시구들을 머릿속에 간직하고 있지 않은가. 초등학교 때 배워 우리 작은 뇌의 검은 방 속에 영원히 각인되었기에, 지금도 우리가 암송할 수 있는 그의 시들 말이다. 세대마다 그 세대만의 걸작선이 있었다. 우리 세대는 기숙사 시절 다음 시구들을 즐겨 암송했다.

기상나팔은 막사 안뜰에서 노래하고,
아침 바람은 가로등 위로 불었다.

벌떼처럼 이는 악몽이 구릿빛 청소년들을
베개 위에서 꼬아 비트는 시간이었다.

프루스트가 활동하던 시절에는 가브리엘 포레가 곡을 붙인 〈가을의 노래〉였다.

나는 당신의 긴 눈동자 속의 그 푸르스레한 빛이 좋다,

아름다운 이여, 하지만 오늘 내게는 모든 것이 씁쓸하다,

당신의 사랑도, 안방도, 벽난로도, 그 무엇도

내게는 바다 위에서 빛나는 태양보다 못하다.

프루스트는 이 시구 "바다 위에서 빛나는 태양"을 하나의 상투어로 머릿속에 담아두고 있었다.

다른 이들에게는 〈알바트로스〉의 이 시구, "그의 거대한 양 날개도 걷는 데 방해가 될 뿐"이거나, 아니면 1861년 판 《악의 꽃》의 마지막 말들, 〈여행〉을 끝맺음하는 다음 이행구였다.

'지옥'이건 '천국'이건 아무려면 어떤가? 심연 깊이 잠기리.

새로운 것을 찾아 '미지未知'의 바닥으로!

나의 학창 시절에는 클로드 레비 스트로스Claude Lévi-Strauss와 로만 야콥슨Roman Jakobson이 낱낱이 해부한 바 있는 시 〈고양이들〉이 최고였다.

풍만한 허리에는 마법의 불꽃 가득해,

고운 모래알 같은 금 조각들이,

그 신비한 눈동자에 어렴풋이 별을 뿌린다.

보들레르는 우리에게 오래가는 이미지들과 잊을 수 없는 시구들을 너무도 많이 남겼다. "상투어를 창작하는 것, 그것이 천재다. 나는 상투어를 창작해야 한다"라고 그는 외쳤었다. 그러는 그를 우리는《불화살》에서 보았다. 빅토르 위고를 두고 "**천재**는 언제나 **바보다**"라고 말했을 때, 그가 상투어 창작자들을 조롱했던 것인지, 아니면 잊을 수 없는 시구들을 쓰는 도전에 그 자신도 뛰어든 것인지 어떻게 알 수 있을까? 그의 상습적인 아이러니는 어느 쪽이라고 딱 잘라 말할 수 없게 한다. 그는 너무 똑똑해서 닳고 닳은 통념은 만들지 못했고 아직도 우리가 해결에 어려움을 겪는 역설을 한 보따리 남겼다.

33

마리에트

우리는 보들레르의 시와 산문, 시와 비평, 풍자적 격문과 자전적 단장에 관한 이 작은 장들을 《악의 꽃》에 실린 시, 그리 중요하지는 않으나 감동적인 한 편의 시로 시작했다. 아버지가 돌아가신 후, 어머니 카롤린 보들레르가 아직 오픽 장군과 결혼하기 전인 그 "철없는 사랑의 낙원"에서 어머니와 나눈 내밀한 친밀감을 노래한 시다.

나는 잊지 않았네, 도시 근교,
작지만 조용한, 우리의 하얀 집…

이 시집에 실린 다른 시 한 편으로 우리의 책을 마무리 짓도록 하자. 위의 시가 그렇듯 이 작품도 그의 명시의 하나로 꼽을 수는 없으나, 이 시 역시 그의 유년을 상기시킨다.

당신들이 시샘하던 큰마음을 지닌 하녀,

지금은 보잘것없는 풀밭 아래 잠들어 있지만,

우린 그녀에게 꽃이라도 몇 송이 가져가야 하리.

죽은 사람들, 가엾은 그들에겐 큰 고통이 있으니.

이 시에서 보들레르는 고아로 지내던 시절의 하녀, 그에게 애정을 베풀어준 여인을 추억하고 있다. 사실 엄격하고 자중했던 그의 어머니는 애정 표현에 인색했다. 아마도 보들레르는 훗날 그 자신이 말하듯이, 마리에트라는 이름의 이 하녀에게서, 호오好惡를 불문하고 "여성의 **세계, 문디 물리에브리스**mundi muliebris에 대한 조숙한 심미안審美眼"을 얻게 되었을 것이다. 너그러운 하녀에게 바친 이 경의는 보들레르의 따뜻한 마음씨를 엿보게 하는데, 그의 잔혹한 말들이 준 충격에서 헤어나지 못하는 독자들에게 상기시켜줄 필요가 있을 것 같다. 이 시에서 그는 자신에게 과분한 사랑을 베풀고 저세상으로 떠난 사람을 추억하며 감동에 젖는다.

벽난로 장작불이 타닥거리며 노래 부를 때, 그 저녁에,

조용히 안락의자에 와서 앉는 그녀를 내가 보게 된다면,

만약에 내가, 어느 시퍼렇게 추운 섣달 밤,

영원의 잠자리에서 빠져나와, 심각한 얼굴로,

내 방 한구석에 웅크리고 숨어, 다 자란 아이

어머니의 눈으로 품어주는 그녀 모습 보게 된다면,

그녀의 움푹한 눈꺼풀에서 떨어지는 눈물 보며,

그 경건한 넋에 내가 뭐라 답할 수 있으리오?

어머니 노릇을 다하지 못한 어머니의 경쟁자였던 여인, 이 여인의 이미지는 너무 일찍 돌아가신 아버지의 이미지와 함께 그의 시 전체를 관통한다.《벌거벗은 내 마음》에 실은 〈기도〉에서 그는 이렇게 말한다.

모친의 마음속에 있는 나를 벌하지 마옵시며 나 때문에 나의 모친을 벌하지 마옵소서.―당신께 나의 부친과 마리에트의 영혼을 부탁하옵니다.―저에게 하루하루의 임무를 즉시 수행하게 하고 그럼으로써 영웅이나 성자가 될 힘을 주시옵소서. (I, 692~693)

의례처럼 하는 이 말은 보들레르가 종종 자기 자신에게 종용하던 노동에 대한 권고의 일부다. 아버지, 어머니, 그리고 "큰마음을 지닌 하녀" 마리에트, 이 셋 모두에게 보들레르는 강한 죄책감과 부채 의식을 표현한다. 〈위생〉에서 하는 다음 권고도 그런 경우다.

매일 아침 **모든 힘과 모든 정의의 저장소인 신에게**, 중개인들인 **나의 선친과 마리에트와 포에게 기도할 것**. 나의 모든 의무를 완수하는 데 **필요한 힘**을 달라고, 모친이 **충분히 오래 살아** 나의 변화된 모습을 볼 수 있게 해달라고 기도할 것. 온종일이나 아니면 적어도 **내 힘이 허락하는 만큼** 일할 것. 내 계획들의 성공을 위해, 정의 그 자체이신 신을 믿고 의지할 것. 매일 저녁 신께 새로운 기도를 올려, 나의 어머니와 나를 위한 삶과 힘을 달라고 요청할 것. (I, 673)

일한다는 것은 언제나 소망의 문제, 이상의 문제다. 그러나 보들레르는 우리 모두와 마찬가지로 이중적인 존재였고, 나태한 자신을 괴로워했다. 이에 대해 그는 이렇게 말했다.

모든 인간의 마음속에는 항시 두 가지 청원이 있는데, 하나는 신을 향한 것, 다른 하나는 악마를 향한 것이다. 신, 혹은 영성을 향한 기도는 상승의 욕망이요, 악마, 혹은 동물성을 향한 기도는 하강의 기쁨이다. (I, 682~683)

보들레르에게서는 모든 것이 분열되어 있다. 지금도 여전히 그는 어떤 단순화로 환원시키거나 분류하기가 불가능하다. 그의 모순을 존중해주자.

보들레르의 시간, 우울과 황홀 사이

이 책의 저자 앙투안 콩파뇽은 보들레르가 후세에 남긴 행복한 유산과 끔찍이도 비참했던 그의 삶 사이의 잔인한 불균형에 관해 얘기하면서, 보들레르가 삶에 대한 혐오와 두려움을 어머니에게 어떻게 고백했는지 인용한다. "아주 아주 여러 해 전부터, 끊임없이 제가 자살 일보 직전에서 살고 있다는 걸 생각해보세요. 이는 어머니께 겁을 주려고 하는 말이 아니에요. 실제로 저는 불행하게도 삶이라는 형벌을 받고 있다고 느끼니까요." "저는 일종의 끊임없는 신경성 공포에 빠져 있어요. 자는 것도 끔찍하고 깨어나는 것도 끔찍해서, 도통 뭘 할 수가 없어요." 왜 그랬을까? 삶이 왜 그토록 힘들었던 걸까? 그 힘든 삶, 삶이라는 그 긴 "형벌"의 시간을 그는 어떻게 살아냈을까?

이미지와 상상력에 관한 연구로 20세기 문학비평의 새로운 지평을 열었다고 평가받는 가스통 바슐라르는 삶에 대한 보들레르의 감정이 단순한 두려움이 아니라 황홀을 동반하는 두려움이었다는 점에 유의하면서 그 이중적 감정을 그의 시 창작의 핵심 요소로 해석한다. 보들레르가 《벌거벗은 내 마음》에 토로한 고백— "아주 어렸을 때 나는 삶에 대한 두려움과 황홀이라는 모순된 두 감정을 느꼈다."—에 대한 바슐라르의 해석은 이렇다. "그런 모순된 감정들이 함께 체험되는 순간들은 시간을 고정한다. 그것들이 삶에 대한 매혹적인 관심으로 함께 연결되어 체험되기 때문이다. 그것들은 존재를 보통의 지속 밖으로 데려간다. 그런 양면 감정 ambivalence은 일시적인 기쁨과 고통 들의 통속적인 결산표같이 연속적인 시간 속에서 서술될 수 없다. 그토록 생생하고 그토록 근본적인 대립들은 직접적인 형이상학에 속한다. 우리는 실제 사건과 모순될 수도 있는 황홀과 추락에 의해 단일한 순간 속에서 그런 흔들림을 체험한다. 말하자면 삶에 대한 혐오가, 불행 속의 긍지처럼 필연적으로, 쾌락 속의 우리를 덮치는 것이다.

모순 상태들을 일상적 지속을 통해 펼치는 순환적인 성정들tempéraments은 단지 이 근본적인 양면성의 패러디들일 뿐이다. 오직 순간에 대한 깊은 심리학만이 이 본질적인 시적 드라마의 이해에 필요한 도식圖式들을 제공할 수 있을 것이다."(《순간의 미학》에서).

바슐라르의 위 해석을 요약하면, 보들레르의 시적 드라마의 본질은 우울과 황홀의 흔들림이며, 순환적으로 교체되는 것이 아니라 단일한 순간 속에 공존하는 이 모순된 두 감정의 흔들림이 시인을 시간의 일반적 흐름(보통의 지속)에서 벗어나게 하여 다른 시간(고정된 부동의 시간, 순간의 시간)을 살게 해주는 힘이다. 삶에 대한 보들레르의 두려움은 황홀을 동반하는 두려움이요, 혐오 또한 쾌락을 동반하는 혐오라는 것. 이 양면 감정은 인간 보들레르의 모순을 설명해주는 핵심어임이 분명하다.

이 책에서 콩파뇽은 보들레르가 얼마나 모순된 존재였고 얼마나 모순된 삶을 살았는지 거듭 강조하고 있다. 보들레르는 군중을 혐오하면서도 군중과 하나가 되고자 했고, 삶의 터전이었던 수도 파리를 늙은 창녀처럼 혐오하면서도 누구보다도 더 열렬히 파리를 사랑했다. 사진과 신문의 등장을 시와 예술을 위협하는 악으로 규정하고 저주하면서도 누구보다 그것들을 잘 이용했으며, 여성에 대한 혐오 발언을 서슴지 않으면서도 여성에 대한 사랑을 누구보다도 아름답게 노래했다. 바슐라르는 보들레르의 이 같은 근원적 모순을 그의 시적 드라마의 핵심으로 파악하고, 우울과 황홀이 단일한 순간 속에서 하나로 결합하는 보들레르의 시간 속으로 깊이 빠져들어 볼 것을 제안하는 것이다. 보들레르의 '순간'의 시간, 그것은 어떤 시간일까?

시간을 소재로 한 보들레르의 시는 두 편이다. 운문 시들을 모은 《악의 꽃》에 〈시계〉라는 시가 있고, 산문 시들을 모은 《파리의 우울》에도 〈시계〉라는 같은 제목의 산문시가 있다. 시간이란 무엇인가? 사실 일반 사람들에게 삶의 시간은 대개 과거이거나 미래다. 추억과 향수, 후회, 가책 등의 과거 시간이거나, 희망과 기대, 걱정과 불안을 양식으로 하는 미래 시간이다. 우리가 현재라는 '순간'의 시간을 구체적으로 사는 경우는 아

보들레르와 함께하는 여름

주 드물다. 파리라는 근대 도시의 고독한 일상인日常人
보들레르에게도 현재 순간은 미지의 섬이다.《악의 꽃》
의 〈시계〉에서, 그는 시간을 이렇게 노래한다.

> 시간마다 삼천육백 번, 초는 조잘댄다.
> 잊지 말라!— 지체 없이, 그 곤충의 목소리로
> 지금은 말한다, 나는 이미 과거다.
> 내 더러운 대롱으로 나는 네 생명을 빨아올렸다!

하지만 시인 보들레르에게는 우리의 생명을 더러운
대롱으로 빨아올리는 이 산업 사회의 시간과 다른 시
간이 또 있다. 그가 《파리의 우울》의 〈시계〉에서 말하
는 시간은 위의 시간과 전혀 다른 시간이다. 그것은 그
가 고양이의 눈에서 보는 시간, "분과 초의 구분 없이,
허공처럼 드넓고 장엄하고 거대한 시간—시계 위에
표시되지 않는, 그러나 한숨처럼 가볍고, 눈 한 번 깜박
이듯 재빠른 부동의 시간"이다.

고정된 시간, 부동의 시간이라니? 바슐라르와 보들
레르는 분명 시간을 고정하는, 시간이 흐르지 않는 특

별한 순간에 관해 얘기하고 있다. 이른바 '시적 순간'이라는 시간이다. 바슐라르는《순간의 미학》에서, 시간을 선형의 흐르는 지속durée으로 본 철학자 베르그송에 맞서, 순간instant을 시간의 본질로 제시했다. 베르그송이 주장하는 지속은 속임수요 정신이 구성하는 것, "정신적 함정"이라고 비판하면서, "시간은 여러 차원과 두께를 가진" 것으로, "독립적인 여러 시간의 중복 덕에 어떤 두께에서만 지속하는 것처럼 보일" 뿐, 사실 "시간은 단 하나의 실재성, 순간의 실재성"만 갖는다고 그는 말한다. "시간은 양쪽의 무無로 좁게 에워싸인, 순간 위의 실재성"이라는 것이다. 바슐라르는 상대성 물리학이나 양자물리학 같은 지난 세기 초의 난해한 과학 지식에 기대 순간이 시간의 본질이라고 주장하면서 순간을 직관하는 방법까지 제시한다. 먼저 "시간을 타인들의 시간과 연관 짓지 않는 습관을 들여 지속의 사회적 틀"을 깨고, 그런 다음 "시간을 사물들의 시간과 연관 짓지 않는 습관을 들여 지속의 현상적 틀"을 깨고, 나아가 "시간을 생의 시간과 연관 짓지 않는 습관을 들여(…), 지속의 생체적 틀을 부술"때, 그럴 때

보들레르와 함께하는 여름

"시간은 더는 흐르지 않는다. 시간은 솟아오른다"라고 그는 말한다.

지속의 사회적·현상적·생체적 틀에서 해방되어 순간의 삶에 깨어나도록 권하는 이 철학자의 방법은 다분히 구도적이다. 보들레르는 매우 보들레르적인, 다른 방법을 추천한다. 그는 '취하는 것'이 그런 틀들에서 우리 자신을 해방하는 방법이라고 말한다. 보들레르의 산문시 〈취하라〉를 보자.

언제나 취해 있어야 한다. 모든 것이 거기에 있다. 그대의 어깨를 짓누르고, 땅을 향해 그대 몸을 구부러뜨리는 저 시간의 무서운 짐을 느끼지 않으려면, 쉴 새 없이 취해야 한다.

보들레르는 술이든 시든 어떤 미덕이든, "무엇에나 그대 좋을 대로, 아무튼 취하라"라고 권한다. 그렇다, 그의 시는 '취하기'의 산물이다. 그가 무엇에 어떻게 취했는지를 엿보려면 그의 시 작품들 속으로 들어가 보아야 할 것이다. 그의 시 〈가을의 노래〉 속으로 들어가, 이 작품 속에서 울리는 그 황홀한 우울을 음미해보

아야 할 것이다. 그가 산문시 〈시계〉에서 말한 그 "가
벼운 한숨" 같은 시간, "눈 깜빡할 새" 같은 순간의 시
간이 얼마나 "드넓고 장엄하고 거대하게" 솟아오르는
지를 다시 체험해보려면 〈지나가는 여인에게〉 속으로
들어가, 대도시의 거리에서 우연히 마주친 낯선 여인
과의 찰나 같은 스침의 한순간이 얼마나 깊고 오래, 영
원한 사랑과 이별의 노래로 울리는지 음미해보아야 할
것이다.

취하기란 무엇인가? 어떤 대상에 취한다는 것, 보들
레르에게 그것은 시각·촉각·후각·청각 등 일신의 모
든 감각이 동원되는 대상과의 내밀한 소통이었다. 대
상과의 "관능적인 결합"이었다. 운문시 〈머리타래〉나,
산문시 〈머리 타래 속의 지구 반쪽〉 같은 시 속으로 들
어가 보라. 도시 전체나 여인의 신체 일부, 아니면 고양
이나 춤추는 뱀 같은 동물 등, 대상을 막론하고 우리가
어떤 대상에 완전히 취할 때, 다시 말해 그 대상과 관
능적으로 결합할 때, 그 '멈춘 시간'의 황홀한 우울 속
에서 얼마나 먼 이국까지 여행할 수 있는지를 그의 시
들은 증언하고 있다.

보들레르와 함께하는 여름

보들레르는 파리라는 대도시와 이 현대 도시의 군중, 사랑하는 여인들, 가엾은 노파들, 넝마주이들, 거지 소녀, 동물 등과의 관능적 결합을 매음prostitution이라는 말로 표현했다(혐오와 쾌락, 두려움과 황홀이 공존하는 순간에 대한 참으로 적절한 표현 아닌가). 《악의 꽃》을 완성한 후, 파리라는 "거대한 창녀"에 취했던 이 "늙은 호색한"은 이렇게 외쳤다.

나는 너를 사랑한다, 오 치욕의 도시여!
너는 내게 진창을 주었으나, 나는 그것으로 황금을 만들었다!

보들레르에게 시 창작은 삶의 문제였다. 견디기 힘든 삶의 우울을 황홀한 우울로 만드는 것, 그에게 그것은 생존의 문제였고, 그는 그것을 시인으로서의 자신의 의무로 여겼다. 우울과 황홀 사이의 흔들림이라는 보들레르의 시간, 그것은 도취의 시간이었고, 대상과의 관능적 결합의 시간이었다. 매음이 그의 삶의 기술ars vivendi이었고, 그것으로 그는 삶에 대한 혐오와 두려움을 이겨냈다.

보들레르는 역자에게 시인으로 산다는 것이 무엇인지, 시가 무엇인지를 일깨워준 시인이다. 이 책《보들레르와 함께하는 여름》은 보들레르의 삶과 시 세계를 충분히 구체적으로 느낄 수 있게 해주는 책이다. 그의 시를 처음 접하는 사람들에게도 입문의 좋은 길잡이가 될 수 있을 것이다.

2020년 6월

김병욱

보들레르와 함께하는 여름

첫판 1쇄 펴낸날 2020년 7월 2일

지은이 | 앙투안 콩파뇽
옮긴이 | 김병욱
펴낸이 | 박남주

종이 | 화인페이퍼
인쇄·제본 | 한영문화사

펴낸곳 | (주)뮤진트리
출판등록 | 2007년 11월 28일 제2015-000059호
주소 | 서울시 마포구 토정로 135 (상수동) M빌딩
전화 | (02)2676-7117 팩스 | (02)2676-5261
전자우편 | geist6@hanmail.net
홈페이지 | www.mujintree.com

ISBN 979-11-6111-054-7 03860

* 책값은 뒤표지에 있습니다.